和谐校园文化建设读本

感悟母爱

隋立华/编写

吉林出版集团股份有限公司

吉林教育出版社

图书在版编目（CIP）数据

感悟母爱／隋立华编写. —长春：吉林教育出版
社，2012.6（2022.10重印）
（和谐校园文化建设读本）
ISBN 978－7－5383－9018－6

Ⅰ. ①感… Ⅱ. ①隋… Ⅲ. ①故事—作品集—世界
Ⅳ. ①I14

中国版本图书馆 CIP 数据核字（2012）第 116277 号

感悟母爱
GANWU MU'AI

隋立华　编写

策划编辑　刘 军　　潘宏竹
责任编辑　刘桂琴　　　　　　　　　　　　　**装帧设计**　王洪义
出版　吉林出版集团股份有限公司（长春市福祉大路5788号　邮编 130118）
　　　　吉林教育出版社（长春市同志街1991号　邮编 130021）
发行　吉林教育出版社
印刷　北京一鑫印务有限责任公司
开本　710 毫米×1000 毫米　1/16　　**印张**　11　　**字数**　140千字
版次　2012 年6月第1版　　　**印次**　2022 年10月第2次印刷
书号　ISBN 978－7－5383－9018－6
定价　39.80 元

编　委　会

主　　编：王世斌

执行主编：王保华

编委会成员：尹英俊　尹曾花　付晓霞
　　　　　　刘　军　刘桂琴　刘　静
　　　　　　张　瑜　庞　博　姜　磊
　　　　　　潘宏竹
　　　　　　（按姓氏笔画排序）

总 序

千秋基业，教育为本；源浚流畅，本固枝荣。

什么是校园文化？所谓"文化"是人类所创造的精神财富的总和，如文学、艺术、教育、科学等。而"校园文化"是人类所创造的一切精神财富在校园中的集中体现。"和谐校园文化建设"，贵在和谐，重在建设。

建设和谐的校园文化，就是要改变僵化死板的教学模式，要引导学生走出教室，走进自然，了解社会，感悟人生，逐步读懂人生、自然、社会这三本大书。

深化教育改革，加快教育发展，构建和谐校园文化，"路漫漫其修远兮"，奋斗正未有穷期。和谐校园文化建设的研究课题重大，意义重要，内涵丰富，是教育工作的一个永恒主题。和谐校园文化建设的实施方向正确，重点突出，是教育思想的根本转变和教育运行机制的全面更新。

我们出版的这套《和谐校园文化建设读本》，既有理论上的阐释，又有实践中的总结；既有学科领域的有益探索，又有教学管理方面的经验提炼；既有声情并茂的童年感悟；又有惟妙惟肖的机智幽默；既有古代哲人的至理名言，又有现代大师的谆谆教诲；既有自然科学各个领域的有趣知识；又有社会科学各个方面的启迪与感悟。笔触所及，涵盖了家庭教育、学校教育和社会教育的各个侧面以及教育教学工作的各个环节，全书立意深邃，观念新异，内容翔实，切合实际。

我们深信：广大中小学师生经过不平凡的奋斗历程，必将沐浴着时代的春风，吸吮着改革的甘露，认真地总结过去，正确地审视现在，科学地规划未来，以崭新的姿态向和谐校园文化建设的更高目标迈进。

让和谐校园文化之花灿然怒放！

本书编委会

目 录

母亲的伤痕

◆文/刘 墉

大概每个小孩都会问妈妈，自己是从什么地方生出来的。

当我小时候问这个问题的时候，母亲的答案非常简单——她只是拉开衣服，露出她的肚皮和那条六英寸长的疤痕，说："看吧！是医生用刀割开娘的肚子，把你抱出来的。"

虽然那疤痕紫红紫红的，又光光亮亮，好像只有一层薄薄的皮肤，随时可能绽开，让我有点害怕，可是不知为什么，每隔一阵，我就会要母亲再给我看一次，然后说："好可怕！好可怕！"又问，"开刀的时候，会不会很疼？"

"当然疼，娘疼得晕过去了，一个多月才能下床，所以说'儿的生日，娘的难日'，娘生你，好苦哇！"

大概因为我是这么痛苦的"产物"，所以从我记事起，母亲就管我很严。

被严加看管的日子，一直到我9岁那年才改变。不是母亲的观念改了，而是因为父亲生病，她总得留在医院照顾。

那阵子我像脱缰的小马。直到有一天下午，母亲坐着三轮车回来。脸色苍白，一声不响地走进家门，我的玩兴才过去。我不能再出去玩了，因为我要在家安慰哭得在地上打滚的母亲；我得披麻戴孝，跟着她到每个长辈家去报丧。

我要常常守着家，守着母亲。

父亲死后，母亲对我更严厉了，但是在我做错事，她狠狠骂我，甚至打我之后，又会很脆弱地哭，愈哭愈大声。然后，平复了，她会说："打在儿身，痛在娘心。"接着拉我过去，看我被打的地方，直问："疼不疼？疼不疼？"

她可以打我，但是别人不能打我。记得上初中，我碰到一个爱打人的老师，总挨藤条，打得我身上一条一条的血痕，母亲发现了，立刻冲去学校骂那个老师。

老师曾对我母亲说了好几次："你的孩子功课这么烂，再不补习，一定考不上高中。"

但是母亲从不让我出去补习，除了在家附近找过一个大学生，教了我一阵子数学外，无论别人怎么说，她都不送我上补习班。"就咱们娘儿俩，再出去补习半天，娘一个人，多寂寞！"母亲说。

那时候，我们确实是寂寞的。

大年初二晚上的一场大火，烧光了我家的一切。

第二天，母亲花钱请人在院子里紧急盖了一间小草棚。

当天晚上，下起倾盆大雨，屋子里到处漏水，我们找了各种破盆烂罐接水，又把床移来移去，还是应付不了，而且愈漏愈厉害。

我实在困了，第二天还得上学，母亲叫我先睡，用两件雨衣盖在我身上。雨水滴滴答答地落在雨衣上，渐渐积在凹陷的地方。至今我都能记得，每隔一阵，母亲就掀起雨衣，让雨水流下床的哗啦哗啦的声音。

后来，我们搬到金山街的一栋小木楼。

搬到小楼后不久，我听说附近胡念祖老师教画，就想跟他学画，虽然学费不便宜，但母亲还是很爽快地答应了。那是我从小到大，第一次正式学画，两且三个月之后就得到了全省学生美展的"教育厅长奖"。

拿回奖状，母亲点点头笑笑，没说什么。母亲一向如此沉默，我也习以为常直到高一下学期，获得全省演讲比赛第一名，由学校主任陪着，从南部奏凯归来，母亲没到火车站接我，才使我有点怅然。

那一天下着滂沱大雨，主任为我叫了一辆三轮车回家，临上车，他突然很不解地说："大家的爸爸妈妈，都陪着孩子去参加比赛，为什么你妈妈从不出现？连你得了这么大的奖，都不来欢迎你？"

我怔住了，因为我从未想过参加比赛需要母亲陪。我的妈妈是老妈妈，妈妈老了，身体不行了，本来就不必陪我。但是主任的话，伤了我的心，车在雨中行，雨水滴滴答答地打在我面前的油布帘子上。我觉得有些失落，开始想，为什么妈妈那么冷。

得奖之后，我常胸痛，去医院检查，医生说是神经痛。有一天夜里，我咳嗽得厉害，肺里呼噜呼噜的，像有痰，突然一张嘴，吐出一口鲜血来。

母亲急了，端着盆子发抖，看我一口一口吐。血止住了，天也亮了，母亲叫车，把我送到医院。医生为我照 X 光检查，接着把母亲叫到隔壁房间，我听见医生在骂，母亲在哭。

住院的日子，母亲总陪在我身边，常坐在那儿，撑不住，就倒在我床边睡着了，我则把自己的被单拉过去，盖在她身上。那年我 17 岁，她已经是将近六十的老人。母亲七十大寿之后半年，我离家，去了美国。

上飞机时，一群人来送，母亲没掉眼泪，只沉沉地说："好好去，家里有我，别担心。"再见到母亲，是两年多之后。长长的机场走廊，我远远看见一高、一矮、一小，牵着手，拉成一串。母亲虽然是小脚，但走得不慢，她一手牵着孙子，一手提了个很重的布包。头发更白了，皱纹更深了，看到我，她淡淡一笑："瞧！你儿子长高了吧？"

从那天开始，她除了由我陪着回过三次台湾和大陆外，其余的 19 年全留在美国。母亲是寂寞的。双耳重听，使她活在自己的世界里；渐渐不良于行，又使她常留在自己的卧房中。尤其冬天，她常一边读书，一边看着外面的雪地叹气，说她要回台湾。只是那时候医生已不准她远行了。

不过母亲虽老，还是我强壮的母亲。两年前，当我得了急性肠胃炎，被救护担架抬走的时候，她居然站在门口，对我说："好好养病，你放心吧！家里有娘在。"

从担架上仰望母亲的脸，有一种好亲切、好熟悉的感觉，突然发觉我已经太久太久不曾仰望她的慈颜了。

她虽然 91 岁了，但是她那坚毅的眼神、沉着的语气，使我在担架上立刻安了心。我想起过去几十年的艰苦岁月，都是由她领着，走过来的。

半个世纪了，这个不过 150 厘米高的妇人，漂到台湾，死了丈夫、烧了房子、被赶着搬家、再搬家，然后接过孙子，又迈着一双小脚，跟着我，来到地球的另一边。除了我刚出国的那两年，她从来不曾与我分开很久。我整天在家，她整天在我的身边。过去，我是她的孩子，现在，她像我的孩子了。每次出门，她逞强，不要我扶，我就紧紧跟着她，她像个胖胖矮矮、走路一颠一颠的大娃娃走在前面。

今天，2 月 18 日，那一幕还在眼前，我的母亲却已经离开了人世。

她是心脏衰竭离开的，像是睡着了，睡到了另一个世界。我带着妻，在她床前下跪，磕了三个头。如同她活着的时候，我摸摸她的白发，亲亲她的额头，又亲亲她的脸颊。她的头发仍是我熟悉的味道，她的脸颊还那么光滑，只是已经冰凉。

医院的人过来为她收拾东西，拔除氧气管、胃管和尿管，床单掀起来，看到那个熟悉的疤痕，我的泪水突然忍不住地涌出来，就是那个长长的伤口！妈妈！我绝对相信我是您剖开腹，从血淋淋的肚子里抱出来的孩子。

母亲的战役

◆文/［西班牙］狄森塔

在 8 月闷热的傍晚，一个女人带着三个孩子和一头毛驴，穿梭在茫茫的田野上。她疲惫不堪，热风扬起尘埃，堵得她喘不过气来。她光着脚，衣衫褴褛，怀里抱着一个婴儿。婴儿包在一块打着补丁的破布里，两只小手揉着妈妈的乳房，拼命想挤出奶来，但什么都没有。

这个女人年纪不大，身材匀称，眼睛乌黑闪亮，牙齿雪白整齐。看得出她曾经很漂亮，可是贫困让她未老先衰。她脸上的皮肤粗糙了，满是皱纹，一绺绺又脏又乱的头发粘在额头上，只有一双眼睛还透露着往日的风韵。此刻，这双眼睛正温柔地凝视着婴儿的小脸。

那头皮包骨的毛驴，有气无力地走在女人后面。搭在驴背上的两只筐里，放着一些破布，上面躺着两个孩子。小点的孩子脸色红润，头往后仰着，睡得正香。大点的孩子正发着烧，在筐里翻来翻去，睁着大而红肿的眼睛盯着母亲的背影。

他们是吉卜赛人。在欧洲，吉卜赛人到处流浪，沿途乞食。在刚刚经过的村子，这个可怜的女人没有讨到一块面包，没有弄到一滴水，就被赶了出来，因为如果不走，她就要挨揍了。

这时，那个生病的孩子轻轻地唤道："妈妈……"吉卜赛女人浑身抖了一下，向孩子扑过去。"怎么了，亲爱的？"她低声说着，把婴儿放在睡着的哥哥身旁，用双手搂住这个孩子的脖子。

"水！我要喝水……这儿在火烧。"孩子用小手指指自己的喉咙，艰难地说。

"水？"母亲惊恐地重复了一遍，"我到哪儿去弄呢，孩子？"

"喝，"孩子又要求道，"我想喝……"他那干裂的嘴唇微微张着。她见了，脸色发白，失声大哭。她的儿子在向她祈求事关他生死的帮助，而她却无能为力。她朝筐里的瓦罐看了又看，里面空空的；她瞧瞧天，天上一片云彩也没有；她又望望大地，一直到天边都看不到一条小溪，也看不到一口水井。龟裂的土地好像张开了干渴的嘴巴在嘲笑她："水？这儿一滴水也没有，大家都一起渴死吧。"

母亲将儿子紧紧地搂在怀里，发狂似的说着："一滴也没有，一滴也没有……我到哪儿去给你弄到水呢，孩子？"

可怜的母亲！在这种荒野里只有一个水源，那就是她满含泪水的眼睛！

就这样，又走了许久，这个吉卜赛女人忽然露出了笑容，因为不远处有一所茅屋。也许屋里的主人能帮助她吧？这样想着，她奔到门前，发疯似的用拳头砸门，可是没有人回答。她已经再也没有力气敲，也没有力气喊了，她步履艰难地沿着墙走去，拐过屋角，突然发现地上放着一个罐，里面盛满了水。她高兴得喘不过气来。

然而，就在这时，一只很大的牧羊狗出现了，它狗毛倒竖，凶狠地瞪着女人，发出呜呜的叫声。她猜到了狗的意图，就猛扑上去，可是牧羊狗抢在她前头一跳，趴在罐子上面，恶狠狠地露出牙齿。

"滚开！"她恨恨地嚷道，"你得不到水的！"她握着拳头朝狗的脸上打去。狗一下子站立起来，一口咬住她的肩膀，把她掀翻在地。她又怒又痛，可没有惊慌，也没有退缩，她一把掐住狗的喉咙，使出全身力气，狠命地掐着。狗的牙齿咬得愈来愈深了，可这个勇敢的吉卜赛女人忍着剧痛，紧紧地卡住它的喉咙不松手。这场搏斗没有声音，却惊心动魄——一人一狗死命地扭在一起，在地上翻滚着，都极力想战胜对方。最终，凶恶的狗咽下最后一口气，松开了牙齿，倒在她身旁。

她脸色苍白，气喘吁吁地从地上爬了起来。她浑身是伤，肩膀上那道深深的伤口不断地流着血。她并没有感到痛，抱起水罐就奔向毛驴。

她没有理会肩膀上流下来的鲜血，把水凑近孩子的嘴边，温柔地笑着说："喝吧，孩子，喝吧，亲爱的！"

就在这个温暖的晚上

◆文/何许人

人家说三搬一火，搬三次家就等于失火一次。我们家才第二次搬家，就有很多东西不见了。前天晚上，妈妈问我有没有看见一个铁质点心盒。

我一边整理漫画一边说着，我看到了就给你。妈妈却一再叮嘱我，仿佛那是一个什么宝贝似的。

妈妈经营着一家服装店，专门卖年轻女孩子穿的衣服。她经常把店里的衣服拿回家来给我穿。家里并不宽裕，爸爸去世得早，这个家完全靠妈妈不到十个平方的小店来维持。可正处于青春叛逆末期的我却总是鄙夷地看着她手中的翻版货。

一直到17岁，我还对自己的身世抱有幻想：我希望我不是她亲生的。我的亲生父母应该是在报纸上能看见名字的富豪。由于一些很特殊的原因把我寄养在我妈妈家，然后在我成年前会找到我，给我一张天文数字的支票，弥补这些年对我的亏欠……

妈妈没有什么爱好，只是喜欢吃甜味的点心，尤其是巧克力，但最常买的却是廉价的松饼和便宜的龙须酥。我18岁生日那天，用自己假期打工赚来的钱为她买了整整300块钱的德芙巧克力，还假装很淡然地对她说：够你吃一阵子的了。其实那不过是我看到镜子里自己和她越来越像的面容，对那些不切实际的身世幻想彻底死心而已。可妈妈却感动得抱着我哭，带着泪痕的面容已经风华不再。

晚上在清理旧杂志时，我发现了妈妈说的那个盒子。红色的外壳已经有些生锈，上面还用银色的丝带系着，打了个很漂亮的蝴蝶结。打开盖子，里面散发出一股淡淡的巧克力味来，最上面一层，是德芙巧克力的包装纸数张。拨开糖纸：下面是许多张用便条纸写的小条子。

"我明天去进货，桌上的钱你拿去春游。记住千万不要乱吃东西，烧烤也不要吃。"

"给你买了新鞋子，在你床下的盒子里。按照你说的牌子买的，这次一定没错。"

"后天你生日，想吃点什么告诉我，我去买。今年你18了，多叫几个同学来庆祝吧。我又要进货去，提前祝你生日快乐。"

……

原来全部是我和妈妈这些年贴在冰箱上面的便条。常年的寄宿生活，我们都是用便条来交流。这些我早就忘了，不想妈妈却认真地把每一张都收集起来。

看完所有的便条，才发现妈妈所有的留言都有那么多琐碎的事情要叮嘱。可我的留言全部只有短短的一句，都是我的任性的要求，却从未问过她怎样，她需要什么。她一定也病过，也心情不好过，可这些我完全不知道。

我端着点心盒子去她的房间，里面开着淡黄色的灯，可她已经伏在枕头上睡着了。

我轻手轻脚走到她身边，帮她盖上毯子关上灯。点心盒子就放在她的床头柜上，她明天起床就会发现。如果她打开来看：会看到我在里面放了一张心形卡片，里面是一句我还从来没有对她说过的话：我爱你！

就在这个温暖的晚上，我知道，我将彻底告别叛逆期。

妈妈，这么多年你多冷啊

◆文/［韩］金　河

一个下着鹅毛大雪的冬天，山势又高又险的某个小山沟里来了两个人。年龄大的那个是美国人，年轻的是个韩国人。走了整整一天后，他们来到了山沟里的某个坟墓前。

坟上积了厚厚的雪，墓碑看起来非常简陋。年长的美国人对年轻人说："这就是你妈妈的坟墓，鞠个躬吧……"年轻人"扑通"一声跪倒在雪地上。

故事发生在1952年。美国为了挽回朝鲜战争败局，为"联合国军"增援了一批士兵，韦尔森就是其中一员，当时最激烈的一次战斗就发生在这个小山沟里，夜以继日的血战已经持续了好几天。

人民军的强烈攻势使得"联合国军"节节败退。撤退途中，韦尔森离大部队越来越远。于是，他决定一个人到另外一个集结地去。就在这时，他突然听到了婴儿的哭声。哭声是从一个雪窟窿里传出来的。韦尔森本能地扒开积雪，顿时被眼前的景象惊呆了。

在一个母亲的怀里，婴儿大声地哭着。更令人吃惊的是，母亲一丝不挂。原来，是一位母亲背着孩子避难的时候，被困在了这个山沟里，又下起了大雪，为了救活自己的孩子，母亲把自己所有的衣服都给了孩子，然后把孩子紧紧抱在怀里。虽然赤裸的母亲已经死去，但她怀中的孩子却活了下来。

韦尔森被这意外的景象深深感动了。他用野战工具在冰冻三尺的雪地上挖了坑，把这位母亲埋葬了，然后抱着大哭的婴儿追随大部队去了。战争结束后，他领养了这个孩子，并把他带到美国去抚养。孩子慢慢长大了，韦尔森把当年发生的事告诉了孩子，并带着他来到山沟里找妈妈。

跪在坟墓前的年轻人的泪水像断了线的珍珠一样。

过了一会儿，年轻人站起身，开始拨开坟墓上的积雪。他大汗淋漓地把周围的积雪都清理完，把衣服一件件脱下来盖在了坟墓上，然后扑到坟墓上，把长久以来藏在心里的话说了出来："妈妈，这么多年你多冷啊！"

骄傲的红薯

◆文/佚　名

母亲很少去看她的儿子，近些日子尤为如此。有时在校门口匆匆见一面，母亲塞给儿子零食和钱，表情局促不安。母亲把话说得飞快，好好学习注意安全等等，却像背台词，千篇一律。然后母亲说，该回去了，做出欲走的样子。儿子说再聊一会儿吧，眼神却飘忽不定。母亲笑笑，转身，横穿了马路，走出不远，又躲在一棵树后面偷偷回头。她想再看一眼儿子，哪怕是背影。儿子却不见了。儿子像在逃离，逃离母亲的关切。

母亲很满足——一个读大学的儿子，高大英俊，学生会干部，有奖学金——还有什么不满足的呢？并且她知道，儿子正在偷偷恋爱。她曾远远地看过那姑娘一眼，瘦瘦高高，和儿子很是般配。她不知道儿子和姑娘在一起会聊些什么，但她想应该不会谈到自己。一个收废品的母亲，有什么好谈的呢？或者，就算谈起，她知道，儿子也会说谎，比如说她是退休干部、退休工人，等等。这没有什么不好，母亲想，既然她不能给儿子带来骄傲和荣耀，那么，就算儿子说她已经过世，她都不会计较。

她真的不会计较。她真的很满足。

可是今天她很想见儿子一面。其实每天她都想见儿子一面，今天，她有了充足的借口。老家人送她一小袋红薯，个头大皮儿薄，脆生生喜人。煮熟了，香甜的红瓤化成蜜。母亲挑几个大的，煮熟，装进保温筒，又在外面包了棉衣，然后骑上她的三轮车。儿子从小就爱吃红薯。一路上母亲偷偷地笑。她想应该叮嘱儿子给姑娘留两个，尽管城里满街都是烤红薯，可是不一样的。这是老家的红薯，有着别处所没有的香甜滑嫩。

是冬天，街上的积雪未及时清理，就被车轮和行人轧实，变成光滑的冰面。家离学校约五公里，母亲顶风骑了将近两小时的车。雪还在下，母亲头顶白花花一片，分不清是白发还是雪花。她把三轮车在街角停下，然后抱着那个保温筒横穿了马路。她想万一在校门口遇到儿子，就说，是打出租车来的。想到马上就能见到儿子，母亲再一次偷偷地笑了。

所以，她没有注意到开过来的一辆轿车。

车子在冰面上滑行好几米才停下来。司机摁响了喇叭，母亲一惊，忙往旁边躲闪，却打一个趔趄，然后滑倒。她慌慌张张爬起来，未及站稳，又一次摔倒。

她的手里，仍然稳稳地抱着那个保温筒。

司机紧张地扶她起来，问她，你没事吧？母亲摇摇头说，没事。她的脸被一块露出冰面的玻璃碴儿划开一条口子，现在，已经流出了血。

司机吓坏了。他说我得陪你去医院看看。

母亲笑笑说，真的没事。

司机说，可是你的脸在流血……

在流血吗？母亲变了表情。果然，汽车的反光镜里，她看到自己流血的脸。

我得陪你去医院看看。司机坚持着。

真的不用。母亲说，可是这样的脸，怎么去见我的儿子呢？

司机打开车门，把母亲往车里拉。母亲被他吓坏了，似乎比撞上汽车还要紧张。真的不用，她说，你忙你的吧！

司机看着母亲，好像除了脸上的伤口，她真的没事。司机只好说那我给你一些钱吧，一会儿你自己去医院看看。他掏出两百块钱，又掏出一张名片。这上面有我的电话，他说：如果钱不够，随时打电话给我。

母亲一只手抱着保温筒，一只手推搡着名片和钱。突然她停下来，认真地对司机说，你真的想帮我吗？如果你真的想帮我，那么，能不能请你，把这个保温筒转交给我的儿子……他在这个大学读书，他功课很好……

母亲指了指那座气派的教学楼，脸上露着骄傲的表情。

片刻后司机在校门口见到母亲的儿子。的确是一位英俊的男孩，又高又壮，穿宽大的毛衣和洒脱的牛仔裤。司机将保温筒递给男孩，说，你妈让我带给你的。

男孩说，哦。眼睛紧张地盯着校园里一条卵石小路。小路上站着一位高高瘦瘦的长发女孩。

司机提醒他说，是煮红薯。你妈让你先吃一个……她说，还热着。

男孩突然想起一个问题。他问司机，她人呢？

司机说她不敢见你。

不敢见我？

她受伤了。

受伤了？

她摔倒了。她横穿公路，我的车开过来，她一紧张，滑倒了……脸被划破一条口子，流了血，她可能，怕你伤心……也可能，怕给你丢脸……她倒下的时候没用手扶地……她任凭身体跌上冰面，却用双手保护着这保温筒……她嘱咐你现在就吃一个……她说，现在还热着。

司机掏出两百块钱，硬往男孩手里塞。

男孩愣愣地看着保温筒，慢慢将它打开。那里面，挤着四五个尚存温热的煮红薯，它们朴实，土气，甚至丑陋，可是它们香甜，温热，就像老家乡亲，更像母亲。

司机拍拍男孩的肩膀，说，她还没走。顺着司机的手指，男孩看到了风雪中的母亲。她躲在一棵树的后面，偷偷往这边看。似乎儿子看到了母亲的笑容，似乎母亲发现了儿子的目光。母亲慌慌张张地上了三轮车，转一个弯，就不见了，母亲的头发，银白如雪。

男孩没有追上去。他知道母亲不会让他追上去，不想让他追上去。可是他已经决定，今晚，就回家看看母亲。他还会告诉女友，母亲并不是退休干部，她一直靠收废品供他读大学。她是一位伟大的母亲，她是他的骄傲。

欠

◆文/佚　名

手机卡是一年前买的，很漂亮的号码。那时他的公司尚未开业，固定电话也没有装好。在营业大厅填表的时候，他的笔在"联系电话"一栏顿了好久，最终，他填上老家的电话号码。

老家有他的老母亲。老家只有他的老母亲。老家就在市郊，距城区不足一百公里。可是他很少回家，他每天都在忙。老家那部电话，几乎成为他和母亲保持联系的唯一工具。

春节回老家时，母亲问他，是不是欠邮局钱了？前几天人家打电话来催，说你欠了他们的钱。他说不是欠邮局的，也不是欠了钱，只是电话费没按时交而已。母亲问很多吗？他说不多，几百块。母亲说那你早些还了吧，咱不欠人家的。他说好。人却心不在焉地，把头埋进一本《商界》。

他的确欠了电话费。也的确只有几百块钱。那段时间公司不景气，杂事乱事让他焦头烂额，就忘记了去交话费，几天后由于某些原因，他更换了手机卡，原来的卡就被他扔到抽屉里了。一次让同事帮他代交，同事说，交什么交？能赖则赖。很多人都把电话费赖掉了你不知道？他想想，也是，就拖到现在。

并不是心疼这点钱。可是他想，能省下这几百块钱，为什么不省下呢？

初秋的一天，在街上，他遇见一位朋友。朋友说刚才我去西郊营业厅办事，好像看见你妈了。他说怎么可能？朋友说是，好像是你妈，在营业厅排队。朋友是他的大学同学，曾经去过他家，见过他的母亲。

他的心里，便有了一种奇怪的预感。他快步返回公司办公室，打开抽屉，取出那个手机卡，塞进手机。刚刚扣上电池，电话就响了。他看到熟悉的电话号码。

他说，妈。

母亲说刚才我帮你把电话费交了，加上滞纳金，才七百多块钱。他说妈你太多事了，听朋友说，这些电话费完全可以赖掉的。母亲说欠人家的钱，怎么能赖掉呢？即使赖掉了，你能安心么？他不说话了，心里数落着母亲的迂。

母亲说我知道你的生意做得不好。你想过没有，连几百块钱电话费都想赖掉的人，又怎么能做好生意呢？谁还会相信你？

他撇撇嘴。这道理他懂。他认为道理是一回事，行动是另外一回事。他想他没欠任何人什么。他欠这个世界的，只有七百多块钱电话费而已。

母亲说，我知道你根本听不进我的话。事实上我并不想给你讲道理，也不想管你生意上的任何事。我给你交电话费，只因为，我只知道你这个电话号号码。这是我能找到你的唯一方式。孩子，你已经有半年多没有给家里打一个电话了。

他愣了很久，然后紧紧地闭上眼睛——他试图关上眼泪的闸。

他想，他欠这个世界的，何止是几百块钱的电话费啊！

孩子，你同别人一样优秀

◆文/席慕蓉

"我能看看我的孩子吗？"同天下所有的母亲一样，这个刚成为母亲的女人，急切地问道。

刚刚经历的巨大的阵痛已经消失得无影无踪，她一脸的阳光灿烂。于是，护士小姐把襁褓递给了这位幸福的母亲，她自己却迅速地转过身，朝窗外看去。抱着自己的小天使，母亲的心都融化了。多美啊！粉嫩的小脸、软软的头发，母亲迫不及待但又小心翼翼地解开了襁褓。一下子，她惊呆了！这么完美的小脸上居然没有耳朵！

"耳朵在哪儿？我儿子的耳朵在哪儿？"她不敢相信自己的眼睛，"不会的，不会的……我的儿子怎么没有耳朵？"

物换星移，孩子一天天长大了。幸运的是，他的听力没有任何问题；不幸的是，他永远和别人不一样，他的头部就贴着这个异样的标签。全家人对此讳莫如深，好在儿子毕竟年幼，不谙世事。

但终于有一天，放学回家的儿子，泪流满面地一头扑进了母亲的怀里："妈妈，我再也不上学了……"

伤心的泪流在儿子的脸上，却流进了母亲的心里。知道这一天迟早要到，但真的到了，还是那么令人难以接受。经过询问，儿子说出了当天的事情经过。原来，有个高年级的大男孩欺负他。那个男孩毫不留情地骂道："你滚，滚回家去。你怎么和别人不一样呢？你的耳朵呢？一个怪物……"

听着儿子的号啕大哭，妈妈的心仿佛在流血。"孩子，我们只有接受这个现实。你要坚信，你不比别人差，你和别人一样优秀……"

也许是对不幸的补偿，除了那一点缺陷外，儿子几乎完美无缺。他不仅高大英俊，而且对文学艺术有着常人难以企及的天赋。有一天，父亲终于专程去拜访了一位资深的医学专家。了解这位父亲的痛苦后，这位专家同情地说："只要有人肯为你儿子捐献出耳朵，我不仅负责把它装上去，而且我能做到看起来天衣无缝。"但谁肯做出这么大的牺牲呢？两年过去了，终于有一天，父亲对儿子说道："孩子，告诉你一个好消息。我和你妈妈已经找到了一个人，他愿意为你捐献耳朵，只是他要我们为他保密。"

手术非常成功，一个崭新的人出现了！完美的外表加上优秀的天赋，让他的中学乃至大学的校园生涯一路凯歌。后来他结婚了，并成为了一名风度翩翩的外交官。

现在，儿子已是一个成熟的男子汉了。对现在的他来说，耳朵的缺失已不再像当年那么重要，但在人生的里程中，那一段曾是怎样的痛彻肺腑啊！于是，他对爸爸坚决地说道："爸爸，我必须要知道是谁为我付出了那么多？我一定要报答他。现在我有这个能力了……"父亲说:"孩子,我相信你不能。根据协议,你现在还不能知道。"

这一天终于到了。也许对儿子来说,那是最黑暗的一天!他和父亲站在母亲的梳妆台旁。父亲温柔地、体贴地揭开了母亲那红褐色的、有点花白的、几乎从未理过的厚厚的头发。妈妈,妈妈没有了耳朵……

妈妈的生日卡片

◆文/席慕蓉

刚进入台北师范艺术科的那一年,我好想家,好想妈妈。

虽然,母亲平日并不太和我说话,也不会对我有些什么特别亲密的动作;虽然,我一直认为她并不怎么喜欢我,平日也常会故意惹她生气。可是,一个14岁的初次离家的孩子,晚上躲在宿舍被窝里流泪的时候,呼唤的仍然是自己的母亲。

所以,那年秋天,母亲过生日的时候,我特别花了很多心思做了一张卡片给她。在卡片上,我写了很多,也画了很多,我说母亲是伞,是豆荚,我们是伞下的孩子,豆荚里的豆子;我说我怎么想她,怎么爱她,怎么需要她。

卡片送出去了以后,自己也忘了,每次回家仍然会觉得母亲偏心,仍然会和她顶嘴,惹她生气。

好多年过去了,等到自己有了孩子以后,才算真正明白了母亲的心,才开始由衷地对母亲恭敬起来。

十几年了,父亲一直在国外教书,只有放暑假时偶尔回来一两次,母亲就在家里等着妹妹和弟弟读完大学。那一年,终于连弟弟也当完兵又出国读书去了,母亲才决定到德国去探望父亲并且留下来。出国以前，她交给我一个黑色的小手提箱，告诉我，里面装的是整个家族的重要文件，要我妥善保存。

这样，黑色的手提箱就一直放在我的阁楼上，从来都没想去碰过，一直到有一天，为了找一份旧的户籍资料，我才把它打开。

我的天！真的是整个家族的资料都在里面了。有外祖父早年那些会议的照片和札记，有父母的手迹，他们当年用过的哈达，父亲的演讲记录，父母初婚时的合照，朋友们送的字画。所有的纸张都泛黄了，却还保有一层庄严和温润的光泽。

然后，我就看到我那张大卡片了，用红色的圆珠笔写的笨拙的字体，还有那些拼拼凑凑的幼稚的画面。一张用普通的图画纸折成四折的粗糙不堪的卡片，却被我母亲仔细地收藏起来了，和所有庄严的文件摆在一起，收藏了那么多年！

卡片上写着的是我早已忘记了的甜言蜜语，可是，就算是这样的甜言蜜语也不是常有的。忽然发现，这么多年来，我好像也只画过这样一张卡片。长大了以后，常常只会选一张现成的印刷好的甚至带点香味的卡片，在异国的街头，匆匆忙忙地签上一个名字，匆匆忙忙地寄出，待她收到时生日都已经过了好几天了。

所以，这也许是母亲要好好地收藏这张粗糙的生日卡片的最大理由了吧。因为，这么多年来，我也只给了她一张而已。这么多年来，我只会不断地向她要求更多的爱，更多的关怀，不断地向她要求更多的证据，希望从这些证据里，能够证明她是爱我的。

而我呢？我不过只是在 14 岁那一年，给了她一张甜蜜的卡片而已。

她却因此而相信了我，并且把它细心地收藏起来。因为，也许这是她从我这里能得到的唯一的证据了。

在那一刹那，我才发现，原来世间所有的母亲都是这样容易受骗和容易满足的啊！

在那一刹那间，我不禁流下泪来。

我们永远是一家人

◆文/秦文君

我进中学那年就开始盼望独立，甚至跟母亲提出要在大房间中隔出一方天地，安个门，并在门上贴一张"闲人免进"的纸条。不用说，母亲坚决不同意，她最有力的话就是：我们是一家人。

当时，我在学校的交际圈不小，有位姓毛的圈内女生是个孤女，借居在婶婶家，但不在那儿搭伙，每月拿一笔救济金自己安排。我看她的那种单身生活很洒脱，常在小吃店买吃的，最主要的是有一种自己做主的豪气，这正是我最向往的。

也许我叙说这一切时的表情刺痛了母亲的心，她怪我身在福中不知福。我说，为何不让我试试呢？见母亲摇头，我很伤心，干脆静坐示威，饿了一顿。母亲那时对我怀了一种复杂的情感，她认为我有叛逆倾向，所以也硬下心肠，准备让我碰壁，然后回心转意当个好女儿。当晚，母亲改变初衷，答应让我分伙一个月。我把母亲给我的钱分成30份，有了这个朴素的分配，我想自己怎么也不会沦为挨饿者。

刚开始那几天，我感觉好极了，买些面包、红肠独自吃着，进餐时还铺上餐巾，捧一本书，就像一个独立的女孩儿。家人在饭桌上吃饭，不时地看我。而且有了好菜，母亲也邀我去尝尝，但我一概婉拒，倒不是不领情，而是怕退一步，就会前功尽弃。

我还和姓毛的孤女一起去小吃店，对面而坐。虽吃些简单的面食，但周围都是大人，所以感觉到能和成年人平起平坐，心里还是充满那种自由的快乐。

这样当了半个来月单身贵族后，我忽然发现自己与家人没什么关系了。过去大家总在饭桌上说笑，现在，这些欢乐消失了，我仿佛只是个寄宿者。有时，我踏进家门，发现家人在饭桌上面面相觑，心里就会感到一愣，仿佛被抛弃了。

天气忽然冷下来，毛姓孤女患了重感冒，我也传染上了，头昏脑涨，牙还疼个没完没了，出了校门就奔回家。

家人正在灯下聚首，饭桌上是热气腾腾的排骨汤。母亲并不知道我还饿着，只顾忙碌着。这时候，我的泪水掉下来，深深地感觉到与亲人有隔阂、怄气，是何等的凄楚。我翻着书，把书竖起来挡住家人的视线，咬着牙，悄悄地吞食书包里那块隔夜的硬面包，心想：无论如何得挨过这一个月。

可惜，事违人愿，因为一项特殊的事，离一个月还剩 3 天，我身无分文了。我想向那孤女朋友借，但她因为饥一顿、饱一顿，胃出了毛病，都没来学校。我只能向母亲开口借 3 天伙食费。可她对这一切保持沉默，只顾冷冷地看我。

被母亲拒绝是个周末。早晨我就断了炊，喝了点开水，中午时，感觉双膝发软。那时的周末，上午就放假了，我没有理由不回家，因为在街上闻到食物的香味，更觉得饥肠辘辘。推开房门，不由大吃一惊，母亲没去上班，正一碗一碗地往桌上端菜，家里香气四溢，仿佛要宴请什么贵宾。

母亲在我以往坐的位置上放了一副筷子，示意我可以坐到桌边吃饭。我犹豫着，感觉到这样一来就成了可笑的话柄。母亲没有强拉，悄悄地递给我一个面包，说："你不愿意破例，就吃面包吧，只是别饿坏了。"

我接过面包，手无力地颤抖着，心里涌动着一种酸楚的感觉，不由想起母亲常说我们是一家人。那句话刻骨铭心，永世难忘。

事后我才知道，母亲那天没心思上班，请假在家，要帮助她的孩子走出困境。

当晚，一家人又在灯下共进晚餐，与亲人同心同德，就如沐浴在阳光下，松弛而又温暖。

如今，我早已真正另立门户，可时常会走很远的路回到母亲身边，一家人围坐在灯下吃一顿饭，饭菜虽朴素但心中充满温情。这一切就因为我们是一家人，是一家人！

人长大后都是要独立的，可家和家人却是永远的大后方，永远的爱和永远的归宿。

后半世，我要补偿她

◆文/王　宁

25岁之前，我一直认为我是妈妈抱来的孩子，我的性格不像她，也不像爸爸。熟识的亲戚朋友有时无心地讲出来，我都要在心里思量许久：我究竟是不是妈妈亲生的小孩？如果不是，我的亲生父母又在哪儿呢？

想起小时候一起玩过的表姐，被大姨妈要来就远去朝鲜，再回国，她已曼妙待嫁，偶尔和我独处一室，常常不发一言，一个人望着压在玻璃板下的一张小小的黑白照，一个素静如花的女子轻柔地笑着。在她指尖的反复摩挲中，泪，就落了下来，从一颗两颗到模糊一张脸……全然不顾年少的我吃惊地站在一旁。

我后来悄悄地问过外婆，外婆说那是表姐的亲妈妈。亲妈妈？看来亲妈妈和后妈妈一定不同，不然大姨妈疼了表姐二十几年，她怎么还对自己的身世耿耿难忘。

从那时起，我一片心思几乎全用到探究自己真实出身上。虚虚实实地装出城府，问我妈妈，我是不是抱来的呀？怎么在我记忆里，您好像是从一个女人的手里把我接过来的？

她就笑，那种笑，看不出答案。我不甘心，开始细细地讲，逼着她听，讲的是我对这件事愈来愈多的杜撰。我想讲得多了，她也许受不了这种温柔的"折磨"，会告诉我真相。我发誓，一定不要长到表姐待嫁的年龄，遗憾到泪流满面的地步。

没有答案，就不好意思眼对着鼻子一问再问。只是存了惶惑的心，像寄存的菌，日久年深，事实的佐证，只会加剧扩散成一团团更大的怀疑。

8岁，我偷家里的钱买糯米糖分给班里的同学吃，被发现后，爸爸狠狠地打我，她在一边帮腔，叫爸爸使劲儿打。打到最后，我才撕裂嗓子般地哭出来。一张沙发，我坐在这头哭，她坐在另一头哭。我发狠地想，总有一天我要狠狠地报复她，离开这个心似毒蝎的女人。

10岁，我向她要钱买一种新上市的练习簿，不想她无意拉开抽屉，看到我藏在里面的十余本用了一半的练习簿，即刻声高八度，无回旋余地地告诉我，不用完旧本子休想买新的！我成了班里唯一一个赶不上"潮流"的女生，嘲笑声声入耳，自尊心备受打击。

13岁，我数学考不及格，回到家，她喜洋洋地帮我试新买的裙子，我胆战心惊地告诉她成绩，她一记耳光挥在我脸上，你怎么这么不争气？我脱下裙子，跑进自己的房间。她在门外，责骂声不停地传来。我真想找一团棉花，堵住她的嘴。最后棉花找出来了，我堵住了自己的耳朵。

16岁，我发现了她情感的软肋：我只需在她发泄不满的时候，故意说，在我心里，我觉得我爸最疼我，别人嘛，我也无所谓。她溃不成军，伤感地走开，我感到从未有过的快意。

17岁，有男同学打电话找我，她坐在客厅看电视，没有走开的意思。放下电话，她问我男同学是谁。得不到答案，第二天，她去和我的班主任交流。自此，再没有男同学的电话打到家里来。我和她，持续冷战。

18岁，我考上大学，选择远远的城市填报志愿，离开她，成了我最大的夙愿。

爸爸送我去异地的大学，她在家里包饺子，说好了不去送我。

火车进站，我坐在靠窗的座位上，看到隐隐跑来的身影，像她。一个车窗一个车窗地找过来，看到我，她忽然哭了，手抚在车窗上，像要摸我的脸。

我心一颤，火车开动，我让她回去，挥手之间，我发现自己忍不住也被她弄哭了。

可青春期里，最学不会的就是原谅，哭一场无非是落了的泪被风干，心里被怨恨累积的褶皱，不到真正长大，是不会自行舒展的。

毕业后回到家，住在一个屋檐下，她已明显的老态。

一度想搬出去住，她不说什么，坐在床上为我准备一床厚被子。临到走，我改变主意。她依旧为我缝那床厚被子，说等数九隆冬盖。

25岁之后，我再没有和她发生争执。好像一夜之间就化解了，和解了，理解了，再没有可以掀起两个人感情波澜的骇浪。她曾说，我青春期的叛逆终于过去。

我想我的成熟来得太早，叛逆又回去得太晚。我想我一直都不是她期待的样子，让她不得不丢掉一些本真的从容与自信，来与我磨合，才使我们之间整整冲突了这么多年。而爱与理解之间，激烈与极端之间，花去的代价，是我差一点以怨恨与伤害来回报她的养育之恩。

我再没做让她担心的事。我不吸烟，尽管在我认识的圈子里，十有八九的女子与烟为伍，在吞云吐雾中写尽寂寞心事。我不愿意让她再担心我的健康。

我正直，节俭，没有虚荣心，待人发自内心……我想都是因为有了她的缘故。

最后一次见到表姐，我问她，对生母的想念是不是因为养母的爱始终不敌？

她说，不是因为得到养母的关爱不够多，而是对生母当年的放弃，心存不甘而已！

我怆然泪落。

她的前半生，为我付出了所有不加粉饰的爱，我想在她的后半世，好好补偿她。

母爱的记载

◆文/伏　羲

当你1岁的时候，她怜爱地喂你吃奶，而作为报答，你在她的乳头上狠狠地咬了一口；

当你2岁的时候，她坐在小床旁唱着摇篮曲哄你进入梦乡，而作为报答，你却在她累得刚睡着时号啕大哭；

当你3岁的时候，她照着食谱做了几十次才熬出一盘鲜美的肉粥，而作为报答，你一下把那盘肉粥打翻在地；

当你4岁的时候，她给你买了一个和你一样可爱的洋娃娃，而作为报答，你一下子就把洋娃娃的手脚卸了下来；

当你5岁的时候，她给你买了一套漂亮的新衣服，而作为报答，你穿上后就和小朋友们跑到附近的水洼去玩；

当你8岁的时候，她给你买了花皮球，而作为报答，你掷碎了邻居窗户上的玻璃；

当你 10 岁的时候，她省下了半个月的工资给你买了电子琴，而作为报答，你乱按了几下，从此就再也没有碰过它；

当你 13 岁的时候，她送你和你的小同学们去看电影，而你要她坐到另外一排；

当你 14 岁的时候，她付钱让你参加夏令营，而你却一封信也没有给她写过；

当你 17 岁的时候，她在等着一个很重要的电话，而你却坐在电话机旁和你的朋友聊了一晚上；

当你 18 岁的时候，她偷偷准备了一桌丰盛的晚餐等你回来一起庆祝你的高中毕业，而你却跟同学聚会到天亮；

当你 19 岁的时候，她到处借钱付了你大学的学费又送你到学校的第一天，你却要求她在校门口下车，怕被朋友看见而丢脸，并让她以后别来学校探望你；

当你 22 岁的时候，她低声下气地为你找了一份工作，而你在上班的第二天就和上司大吵一场，并辞去了工作；

当你 24 岁的时候，她买了家具为你布置新家，而你却对朋友们抱怨那些家具是多么的老土；

当你 27 岁的时候，她在你婚礼上毫不出众地坐在那里时，你像花蝴蝶一样穿梭于宾客之间，却始终没向她敬一杯酒；

当你 30 岁的时候，她对你照顾婴儿提出建议，而你不胜其烦地对她说："妈，现在时代不同了！"

当你 40 岁的时候，她提前一个礼拜告诉你她的生日，而到了那一天，你却和同事玩了一天的麻将；

当你 50 岁的时候，她时常患病，需要你的看护，而你却宁愿花时间去关注一套肥皂剧的剧情；

终于有一天，她去世了。突然间，你想起所有从来没做过的事时，你觉得心在隐隐作痛……

不能让母亲知道的真相

◆文/阿　键

我是个乡下孩子。母亲是土生土长的乡下人，没有什么文化。但没文化的母亲对孩子的爱并不会因为愚昧、不科学的原因比有文化的母亲少一分，只不过有的时候会以"特别"的形式表现出来而已。

高三那年的一个周末，母亲第一次搭别人的车来到县城一中，在递给我两罐咸菜后，又兴奋地塞给我一盒包装得挺漂亮的营养液。我惊讶地问母亲："咱家那么困难，买它干什么？"母亲很认真地说："听人家说，这东西补脑子，喝了它，准能考上大学。"

我摩挲着那盒营养液，嘟囔着："那么贵，又借钱了吧？"母亲一笑："没有，是用手镯换的。"那只漂亮的银手镯是外祖母传给母亲的，是贫穷的母亲最贵重的东西了，多少年来一直舍不得戴，压在箱底。母亲走后，我打开一小瓶营养液，慢慢地喝下了那浑浊的液体。

没想到当天晚上我便被送进了医院。原来母亲带来的那盒营养液是伪劣产品。回到学校，我把它们全扔了。

当我接到大学录取通知书时，母亲欣然道："那营养液还真没白喝呀，当初你爸还怕人家骗咱呢。"我使劲儿点着头。

一个炎炎夏日，正读大学的我收到一张包裹单。我急匆匆赶到邮局取邮自家里的包裹，未及打开那个里三层外三层包裹得严严实实的小纸箱，一股浓浓的馊味已扑面而来。屏着呼吸拆开纸箱我才发现里面装的竟是5个煮熟的鸡蛋，经过千里迢迢的邮途，早已变质发臭。心里禁不住埋怨：也不动动脑子，这么大的城市，什么样的鸡蛋吃不到？大热天的，还那么老远从乡下寄来，肯定要坏的。

很快，母亲要邻居代写的信如期而至。原来，前些日子家乡正流行一种说法，说母亲买5个鸡蛋，煮熟了送给儿女吃，就能保儿女的平安。母亲在信中还一再嘱咐，让我一定要一口气吃掉那5个熟鸡蛋……

读信的那一刻，我心里暖融融的，仿佛母亲就站在面前，慈祥地看着我吃下了5个鸡蛋。放暑假回家，母亲问我鸡蛋是否坏了，我笑着说："没有，我一口气都吃了。"于是，我看到母亲一脸的幸福，阳光般灿烂。

毕业前，我写信告诉母亲我谈女朋友了。母亲十分欢喜，很快寄来一条红围巾。当我拿给女友时，她不屑地说了声："多土啊，你看现在谁还围它？"女友说得没错，城里的女孩子，几乎没有一个围这种围巾的。

后来，我跟女友的关系越来越淡，最后只得分手。那日，我问她："那条红围巾呢？""那破玩意儿我早扔了，你要，我可以再给你买一打。"我当然没有要一打，只是心里充满悲哀，为母亲那条无辜的红围巾。

当我和妻恋爱时，我送给她的第一件礼物，就是一条红围巾，跟母亲寄给我的那条一模一样。我告诉她是母亲买的，妻很珍惜。

后来，母亲曾自豪地跟很多人说："一条红围巾，帮我的儿子拴住了一个好媳妇……"看着母亲那一脸的喜悦，我当然不能告诉母亲，这个媳妇不是用她送的那条红围巾给拴住的……

不过这有什么关系呢，我知道母亲是爱我的，而我能给予母亲的最大安慰就是——让母亲知道正是这爱成就了儿子的人生幸福，这就够了。但是，这三件事的真相我决定永远不告诉母亲。

母爱，悄无声息

◆文/周云龙

一位从美国回来的朋友，谈起自己的母亲时，有些抱怨地说："妈妈小时候太宠我了，我调皮，总是不好好睡觉，妈妈就给我挠痒痒，以致现在我一直有个很不好的习惯，不挠痒痒就睡不着觉。"

一语惊醒不眠人。我也有着这样不好的习惯，入睡之前总是希望有人给背上挠挠，可是，我竟然没有想到，这原来是母爱的痕迹。小的时候，妈妈对我也是宠爱有加，一边哼些不着调的歌，一边给我挠痒痒。特别是炎热的夏天，老屋又小又矮，我们姐弟俩都挤在妈妈的铺上，印象深刻的是，每次我从睡梦中醒来，身上总有习习凉风，我知道那是妈妈在扇着蒲扇，一扇就是大半夜。有时妈妈躺着扇实在式累了，而我们又没有完全睡去，嘴里还不停地嚷嚷着"热啊……热啊……"，她干脆坐起来，不断加大扇子摆动的幅度。

我们从没有考虑过妈妈的劳累，其实她白天已经干了一天的农活，而第二天，她还要毫无悬念地重复昨天的日子。我们只顾着自己的凉快、舒适，压根儿没有顾及她的感受。

母爱的细节总有惊人的相似之处。那位从美国回来的朋友，小时候在河里游泳，一次，不小心被两只水泥船夹击，身上擦伤好大一块。妈妈把他带回家，简单地涂了些药，可是，天太热，不断出汗，影响伤口的愈合。当时，小县城里，几乎见不到电风扇的影子，妈妈还有爸爸两个人便几乎二十四小时不间断地给他扇扇子，直至伤势有所好转。

小的时候，孩子们之间最具杀伤力的攻击性词语就是：我是你爸爸！轮到我们真的做了父母，终于明白，老子不好当，妈妈当然更不容易做。而今，物质条件大大改善了，孩子们的学习、生活环境更是今非昔比：夏天，不用给孩子扇扇子了，有空调；冬天，无需给孩子焐被窝，可开暖空调，还有电热毯……现代技术的突飞猛进，或许减少了生活中人与人之间的相互依赖，却也越来越加深了人与人的隔膜，甚至拉大了父母与孩子的物理距离、心理距离，想想现在，我们有多少时间在陪伴孩子？我们还有多少耐心倾听孩子的心声？而更令人心酸的事实是，父母把我们一个个拉扯长大，我们又有多少时间在陪伴父母？我们还有多少耐心倾听爸妈的唠叨？

接着说那个朋友母亲的故事。我相信，再过些年，这样的故事，一定要有人怀疑它的真实性。他的姐姐报考研究生，当时复习资料短缺，他的妈妈爸爸就想办法从朋友那儿借来一本资料。然后，两个人利用饭前午后，起早贪黑，忙碌了四天，把五六万字的书原原本本手抄下来，连所有的图例都拷贝下来。1977年，恢复高考，他立即报了名，复习迎考时，有一道数学题目不得其解，细心的妈妈将题目抄下来，第二天带到机关大院，向刚刚分配过来的大学生寻求帮助。高考前的紧张复习阶段，他因为眶上神经痛，眼睛不能看书，妈妈挤出时间把一册政治复习提纲从头至尾给他进行了反复的诵读。或许是因为母爱的力量，后来，他在当年的高考中考取了一所名牌大学的哲学系。

时至今日，他已经到美国发展，一家三口都拿到了绿卡，而妈妈依然时刻牵挂着他的学习、工作。这次，他从美国回来，是准备报考艺术学博士的，因为母亲生病住院，他便产生了放弃的念头。而躺在病床上的母亲，并不领情，虽然已经不能说话，她却坚持用笔在纸条上写下这样的嘱咐：好好复习，莫负众望。考试的那几天，母亲又请人用手机给他发了一条短信：你真棒，我们都在为你加油。

一个76岁的老人，还在为年轻人呐喊助威；一个在病床上靠呼吸机生存的母亲，还在牵挂着早已长大的孩子的学习、工作，这就是母爱的执著吧！

天下的母亲都是如此执著。我的母亲虽然一个大字不识，甚至连广播里的普通话都听不太懂，而她也在以同样执著的方式关注子孙们的成长。有一次她告诉我，在电话那端听到我们熟悉的声音，晚上睡觉好像也睡得更加踏实了。

人说，大爱无痕。可是，博大的母爱早已融入我们的血脉。在我们好多的生活习惯里，其实都隐藏着母爱的气息。每年五月的第二个星期天，是西方的母亲节。现在西风东渐，年轻人也喜欢在母亲节对自己的妈妈作一点特别的表示。媒体似乎更喜欢这种应景的东西，每年到那个时候有关母爱的文章可以连篇累牍，而母亲节一过，母爱又成了过时的话题。

母爱可用以应景吗？母爱会有时效吗？请在自己大脑屏幕上回放一下有关母爱的细节，然后，再来给出答案。

枯萎的康乃馨

◆文/朱克波

在我的日记本里夹着一枝枯萎的康乃馨，那是5年前的母亲节，我为母亲准备的礼物。

那年我刚从乡村到县城读书，在同学们大谈母亲节的时候，我一片茫然。从他们的谈论中我得知，母亲节最好的礼物就是一枝康乃馨。那时候，我觉得自己已经很懂事了，知道父亲身体不好，家里的重担都压在母亲单薄的肩上，供我跟姐姐上学很艰难。生平第一次我做出决定，我要像城里的同学那样，在母亲节的时候，送一枝康乃馨给劳累的母亲。我不禁为这个决定而自豪，于是，提前两周我就开始节食了。

母亲节那天的阳光特别灿烂，中巴车在崎岖的山路上颠簸不停，我只得小心地把花捧在胸前，生怕把它弄坏了。康乃馨散发出淡淡的清香，多想此刻就让这丝清香飘到母亲的身旁，让它表达孩儿的一点心意。但母亲是一个十分节俭的人，我该怎样跟她说呢？经过几个小时的漫长的煎熬，总算到站了。

下了车，走了好长一段山路，那熟悉的村庄才映入眼帘。为了避免不知情的人笑我一个大男孩还买花，就把康乃馨藏到了书包里。刚到村口，恰好碰到母亲从地里回来，背上背着沉重的柴火，手里还拿了两把锄头，不用说有一把是帮父亲拿的。中午天气很热，他们现在才回来吃午饭，想必地里的活一定很多。

看着母亲疲惫的身影，想到节日中的她还是跟往常一样忙碌，我不禁鼻子一酸，连忙跑过去接锄头。母亲乍一见我，先是愣了一下，接着紧张地问道："娃！怎么回来了，没钱花了吗？"我忙摇头说："不是，我是回来看您的。"

母亲这才舒展开眉头正色道："看啥子哟，车费蛮贵的！快去后面接你爸爸，让他歇会儿。"说着，又把两把锄头从我手里拿了回去。看着母亲满是汗迹的脸庞，一身粗布衣服、沾满泥巴的布鞋，想到此刻城里那些母亲正在孩子的陪同下逛公园，心里充满了愧疚之情。要不是为了送我到县城最好的学校上学，母亲也不用这么辛苦。今天是母亲节，在我看来，就算把花店的康乃馨全买来，母亲也是受之无愧哟。

那段时间正是农忙，到了晚上母亲才闲下来，在院子里乘凉的时候，我刚准备把康乃馨拿来送母亲，她却看着我的头说："二娃，头发这么长了，妈妈给你剪一剪，这样又可以省下3块钱来自己用了。"

我无奈地笑笑，母亲的理发技术很业余，可这十多年来，她从我头上也练出了些手艺，虽然没有城里师傅剪得好，但笑我"发型"的人也不如小时候多了。看我有些不乐意的样子，父亲在一边指着自己的头插话说："去吧，你母亲的技艺又提高了不少呢，瞧我这片自留地也放心地承包给她了。"我只好坐下，母亲一边剪一边又唠叨开了：在学校要好好学习，钱要花在刀刃上，又说今天我不应该回来，往返的车费就够我一周的生活费了……

我越听越委屈，泪水情不自禁润湿了双眼："妈，我没有乱花钱，今天是母亲节，我真的是专门回来看您的，难道这也错了吗？"母亲的剪刀在我的头上停了好一会儿，我不敢回头，但我猜想，她脸上肯定满是恨铁不成钢的表情。出乎意料地，母亲没再责怪我，只是轻轻地叹了一声，语重心长地说道："二娃，只要你惦记着妈就行了，咱们家不兴这个，什么母亲节，只要你有出息，天天都是妈妈的节日。"

那天，我最终没有把从城里带回来的康乃馨送给母亲，因为从那轻轻的叹息声中，我体会到自己并未真的懂事，也没能读懂母亲的心，爱有许多种，但亲情却尽在不言中。或许对别人而言，母亲节送一枝康乃馨意味着温馨，但对于我来说却意味着不成熟。

母亲的八个谎言

◆文/佚　名

儿时，小男孩家很穷，吃饭时，饭常常不够吃，母亲就把自己碗里的饭分给孩子吃。母亲说，孩子们，快吃吧，我不饿！——母亲撒的第一个谎。

男孩长身体的时候，勤劳的母亲常用周日休息时间去县郊农村河沟里捞些鱼来给孩子们补钙。鱼很好吃，鱼汤也很鲜。孩子们吃鱼的时候，母亲就在一旁啃鱼骨头，用舌头舔鱼骨头上的肉渍。男孩心疼，就把自己碗里的鱼夹到母亲碗里，请母亲吃鱼。母亲不吃，母亲又用筷子把鱼夹回男孩的碗里。母亲说，孩子，快吃吧，我不爱吃鱼！——母亲撒的第二个谎。

上初中了，为了缴够男孩和哥姐的学费，当缝纫工的母亲就去居委会领些火柴盒拿回家来，晚上糊了挣点钱补贴家用。有个冬天，男孩半夜醒来，看到母亲还躬着身子在油灯下糊火柴盒。男孩说，母亲，睡了吧，明早您还要上班呢。母亲笑笑，说，孩子，快睡吧，我不困！——母亲撒的第三个谎。

高考那年，母亲请了假天天站在考点门口为参加高考的男孩助阵。时逢盛夏，烈日当头，固执的母亲在烈日下一站就是几个小时。考试结束的铃声响了，母亲迎上去递过一杯用罐头瓶泡好的浓茶叮嘱孩子喝了，茶亦浓，情更浓。望着母亲干裂的嘴唇和满头的汗珠，男孩将手中的罐头瓶反递过去请母亲喝。母亲说，孩子，快喝吧，我不渴！——母亲撒的第四个谎。

父亲病逝之后，母亲又当爹又当娘，靠着自己在缝纫社里那点微薄收入含辛茹苦拉扯着几个孩子，供他们念书，日子过得苦不堪言。胡同路口电线杆下修表的李叔叔知道后，大事小事都主动过来搭个帮手，帮忙劈柴、挑水，或送些钱粮来帮补男孩的家里。人非草木，孰能无情，左邻右舍对此看在眼里，记在心里，都劝母亲再嫁，何必苦了自己。然而母亲多年来却守身如玉，始终不嫁，别人再劝，母亲也断然不听，母亲说，我不爱！——母亲撒的第五个谎。

男孩和她的哥姐大学毕业参加工作后，下了岗的母亲就在附近农贸市场摆了个小摊维持生活。身在外地工作的孩子们知道后就常常寄钱回来补贴母亲，母亲坚决不要，并将钱退了回去。母亲说，我有钱！——母亲撒的第六个谎。

男孩留校任教两年后，又考取了美国一所名牌大学的博士生，毕业后留在美国一家科研机构工作，待遇相当丰厚，条件好了，身在异国的男孩想把母亲接来享享清福却被老人回绝了。母亲说，我不习惯！——母亲撒的第七个谎。

晚年，母亲患了胃癌，住进了医院，远在大西洋彼岸的男孩乘飞机赶回来时，术后的母亲已是奄奄一息了。母亲老了，望着被病魔折磨得死去活来的母亲，男孩悲恸欲绝，潸然泪下。母亲却说，孩子，别哭，我不疼。——母亲撒的第八个谎。

说完，在"谎言"里度过了一生的母亲终于闭上了眼睛。

其实，在我们习以为常的生活中，真实的谎言往往可以把人们抛入痛苦的深渊，而有的时候，善意的谎言却能催生出这个世界上最美丽的花朵。

然而，依我看来：真也好，假也好；爱也好，恨也好；生也好，死也好，不管为父为母，有的谎还非撒不可。

住在山里的母亲

◆文/谢德才

在城里，一听到喊妈妈的声音，我立即就会想起脸上镶满阳光与泥土的母亲。

山沟里，住着我的母亲。她像个哨兵，坚守着自己双手建起的木屋，耕耘着几亩责任田。

难以忘怀那悲惨的一幕：为了孩子的学费，一天，她与我的父亲在山里打柴。父亲看到一棵干柴，就爬到高坡上，抱翻树桩，滚下垂直的岩壁。

父亲走后，母亲的心，积压的是苦闷，几乎碎了。稍有空，她就去父亲坟边走走、看看。在那里，轻揉父亲身上的厚土，怕压痛他的身子，细扯父亲周边的杂草，担心挡住他的去路，还安慰他，周围有些长辈陪着，不孤单，也不必孤单。

父亲走后的第二年，田土到户，组上给我家分两亩田、三亩地、半坡荒山。母亲用那瘦弱的身子，守护我们四姊妹。她没日没夜地在田地里转。晴雨天，她还去责任山里打柴，你叫她别去，可等你一转背，她却进了深山。傍晚，看到的，是一捆又一捆的柴火挤满了走廊。母亲病了，她仍通宵照看稻田的水，累出了病，呕吐不止。我左劝右劝，怕晕车的她才被我接进城治疗。

在城里住院一周，她才想水喝，想东西吃，笑了起来。出院后，我带她到城里还没转上一圈，她就说，脑壳都转晕了，不好玩，走，回去。她在我家住几天后，不自然，觉得城里不像农村，觉得没地方玩。门不能串，话无处说，做饭买菜贵得要死，尤其是城里没有农村安静，一天到晚，耳朵都快震聋。我说："母亲，你万一住不惯，就回去吧。"

母亲快上车时，我取出身上仅有的钱给她，说："母亲，钱是不能代替孝顺的。"母亲看着我，不要，说我的孩子小，要读书，需要钱。我把钱悄悄地塞进她的口袋。母亲再一次扯着我的衣领，拍着我的肩，摸着我的头，提着我的眼镜，说我的头发长了，剪剪，才上了车。车上，她把头探出窗外，笑起来："有空了，还是回家看看！"

隆冬，我回了老家。立在街沿，摇看门上的大锁，转几下，拉几下，不开。准备去找她时，叔叔家的小姑娘走过来，说我的母亲到对面山上挖红薯去了。这时，我才明白年初就叫母亲把责任地租出去的，可她一直没租。当母亲挂着锄、背着满背篓的红薯走进屋时，我双手托着那沉重的背篓，放下，看到母亲磨破的绸衣，看到她肩上皮肉渗出血，心一酸，"明明叫你不做了，还是闲不住。"我跟她说，"你身子弱了，少做点，好不好？"她却说："我多做点，你们就少负担一点。现在，我还累得起，到我真正动不得了，那就只有靠你们了。"

第二天，我要沿着来路返回。母亲老早就使自家屋子里的炊烟钻出瓦屋。准备吃饭时，母亲擦着眼泪。我问母亲哪里不舒服，是不是我说错了话，做错了事，还没等我说完，妹妹跟我迅速使起眼色，跑过来，拉着我，走到一边，双手围成喇叭，把话轻轻地吹进我的耳膜："刚才她到叔叔家找口袋，想给你装点米带进城，可叔叔找口袋时，不知怎么顺手找出你写《父亲》的那张旧报纸，叔叔一念，碰到母亲还没愈合的伤口了。"我看到母亲慢慢走进房屋，也跟了去，不知母亲从哪里取出我父亲的《民办教师任用证》，她轻抹着那上面模糊的照片。我真心要带走那个证件，母亲坚决不许，说我父亲的照片就剩这张了，我们保管不好。说完，她又走进房屋，把那证件藏了起来。

"有空了，还是回家看看！"返城时，母亲重复着这句话。

北原武的母亲

◆文/佚　名

每每想到母亲，北原武就感到头疼，因为母亲总是向他要钱，所以只要他一个月没有寄钱回家，母亲就打电话对他破口大骂，像讨债一样，而且北原武越出名，母亲要钱就越凶。这使北原武百思不得其解。

几年前母亲去世了，他回故乡奔丧。一回到家，想到自己多年在外，没有好好照顾母亲，真亏待母亲了，不禁悲从中来，母亲虽然老要钱，不过养育之恩比海更深，北原武也就将母亲要钱的事，抛到九霄云外，号啕大哭了一场。"妈妈……妈妈……"北原武哭得比谁都伤心。

办完丧事，北原武正要离开家的时候，他的大哥把一个包袱给了他，对他说："妈妈交代我一定要交给你。"北原武伤心地打开小包袱，看到一本银行存折跟一封信。

小武，你收到这封信的时候，妈妈已经不能在你身边了。你们几个兄弟姐妹当中，妈妈最忧心的是你。你从小不爱念书，又爱乱花钱，对朋友太过慷慨，不懂理财。当你说要去东京打拼，我每天都很担心你。有时半夜惊醒，向神灵为你祈福，怕你在东京变成一个落魄的流浪汉，因此我每月向你要钱。一方面希望可以刺激你去赚更多的钱，另一方面也为了储蓄。

"我知道，为了这些钱，你讨厌我了，不经常回来看我，我多么痛心……你过去给我的钱，我现在要还给你……儿子啊，我多么希望能够亲手给你这些钱啊！！——你的母亲。"

存款是用北原武的名字开的户头，存款高达数千日元。

一位母亲最后的姿势

◆文/崔　浩

一对同是登山运动员的夫妇，为庆祝儿子一周岁的生日，决定做一件值得纪念的、有意义的事情：背着儿子登上7000米的雪山。他们特意挑选了一个阳光灿烂的日子，一切准备就绪之后就踏上了征程。

登山伊始，天气就像预报中的那样，风和日丽。夫妇俩很快就轻松地登上了5000米的高度。然而，就在他们稍事休息，准备向新的高度进发时，一件意想不到的事发生了：风云突起，一时间狂风大作，雪花飞舞，气温陡降至零下三、四十度。

最要命的是，由于他们太过于相信天气预报的准确性，从而忽略了携带至关重要的定位仪。当时风势很大，能见度不足1米，上或下都意味着危险甚至死亡。两人无奈，情急之中找到了一个山洞，暂时躲避风雪。

气温在继续下降，妻子怀中的孩子被冻得嘴唇发紫。最要紧的是，他饿了，想要吃奶！要知道，在如此低温的环境下，任何一寸裸露在外的皮肤都会导致体温的迅速降低，时间稍长就会有生命危险。怎么办？孩子的哭声越来越弱，他很快就会因为缺少食物而被冻饿而死。丈夫制止了妻子几次要喂奶的要求，他不能眼睁睁地看着妻子被冻死。然而，如果不给孩子喂奶，孩子就会很快死去。

妻子哀求丈夫："就喂一次！"丈夫把妻子和儿子揽在怀中。喂过一次奶的妻子体温下降了两度，她的体能受到了严重损耗。由于缺少定位仪，漫天风雪中救援人员根本找不到他们的位置，这意味着风如果不停，他们就没有获救的希望。

时间在一分一秒地流逝，孩子需要一次又一次地喂奶，妻子的体温在一次又一次地下降。在这个风雪狂舞的5000米高山上，妻子一次又一次地重复着平常极为简单而现在却无比艰难的喂奶动作。她的生命在一次又一次的喂奶中一点点地消逝。

三天后，当救援人员赶到时，丈夫已经冻得昏倒在妻子的身旁，而他的妻子——那位伟大的母亲已被冻成一尊雕塑，但她依然保持着喂奶的姿势屹立不倒。她的儿子，她用生命哺育的孩子正在丈夫怀里安然地睡眠，脸色红润，神态安详。

母亲的存折

◆文/佚 名

那天，女儿放学回到家，突然没头没脑地问了一句："妈妈，我们家有多少存款？"

不等我作答，她又继续说道："他们都说咱家至少有50万元。"

我奇怪地看着女儿："你说的'他们'是谁呀？"

"我们班同学。他们都说你一本书能赚十几万稿费，你出了那么多书，所以咱们家应该有50万吧。"

我摇摇头，说："没有。"

女儿脸上忍不住地失望，她两眼盯着我，有些不相信似的问："为什么？"

"因为……"我抬手一指房子，屋里的家具、电器，还有她手里正在摆弄的快译通，道："这些不都是钱吗？钱是流通品，哪有像你们这样只算收入不算支出的！"

女儿眨眨眼睛，仍不死心，固执地问道："如果把房子、家具、存款都算上，够50万吧？"

我点点头。女儿脸上立即绽开笑容，拍手称快道："这么说，我是我们班第三有钱的人了！"

我这才明白她为什么问这个，一定是同学之间攀比，搞什么财富排行榜了。

我立刻纠正她："不对，这些是妈妈的钱，不是你的。"

"可我是你的女儿呀！将来，将来——"女儿瞅瞅我，不往下说了。

我接过话，替她说道："等将来我不在了，这些钱就是你的，对不对？"

女儿脸涨得通红，转过身，掩饰说："我不是这个意思，都是我们同学，一天没事瞎猜，无聊！不说这个了，我要写作业了。"说完，女儿急忙回自己房间去了。望着她的背影，我若有所思。

没错，作为我的法定继承人，我现在所有的财产，在未来的某一天，势必将属于女儿，这是不争的事实。只不过国人目前还不习惯，也不好意思和自己的继承人公开谈论遗产这样十分敏感的事，而同样的问题在西方许多家庭，就比我们开明得多，有时在餐桌上就公开谈论。我想这主要是因为以前中国一直实行计划经济，一切财产都是国家的。我的父母工作了一生，一直都是无产者，直到退休前才因房改买下自己居住的房子，终于有了自己名下的财产。但是，和我们这些在市场经济环境下生活的子女相比，他们那点有限的"资产"实在少得可怜。也因此，我从未期望父母给我留下什么，相反，我倒很想在金钱方面给予父母一些，我知道，他们几乎没有存款。但是固执的父母总是拒绝，没办法，我只好先用我的名字存在银行，我想他们以后总会用上的。

那年春节，我回家过年，哥哥、妹妹也都回去了，举家团圆，最高兴的自然是母亲。没想到，因为兴奋，加上连日来操劳，睡眠不好，母亲起夜时突然晕倒了！幸亏发现及时。送去医院，最后总算安然无恙，但精神大不如前，时常神情恍惚，丢三落四。所以，尽管假期已过，我却不放心走。母亲虽然舍不得我走，但是一向要强的她不愿意我因为她的缘故耽误工作，她强打精神，装出一副精力充沛的样子，说自己完全好了，催促我早点走。我拗不过母亲，只好去订票。

行前，母亲把我叫到床前，我一眼就看见她枕头旁放着一个首饰盒，有半块砖头大小，用一块红绸缎布包着，不禁一愣。小时候有一次趁父母不在我乱翻东西，曾见过这个首饰盒，正想打开却被下班回家的母亲看到，被严厉地训斥了一顿，从此再没见过。不知道母亲把它藏到哪儿去了。我猜里面一定装着母亲最心爱的宝贝。会是什么呢？肯定不会是钱或存折。母亲的钱总是装进工资袋放在抽屉里，一到月底就没了，很少有剩余。最有可能的是首饰，因为祖父以前在天津做盐道生意，家里曾相当有财势，虽然后来败落了，但留下个金戒指、玉手镯什么的，应不足为怪。

我正猜测不解，母亲已经解开外面的红绸缎布，露出里面暗红丝面的首饰盒。她一摁上面的按钮，"叭"的一声，首饰盒开了！母亲从里面拿出一个小绸布包，深深地看了一会儿，像是看什么宝物，然后，慢慢抬起头，看着我。缓缓道："这里面装着你出生时的胎发，5岁时掉的乳牙。还有一张百日照，照片背面记着你的出生时辰。我一直替你留着，现在，我年纪大了，你拿去自己保留吧。"

我接过来，小心翼翼地打开。于是，我看到了自己35年前出生时的胎发，30年前掉下的乳牙，和来到世界100天时拍的照片。照片已经有些发黄了，背面的字迹也已模糊，但依然能辨认出来。一瞬间，我泪眼模糊。

我意识到：这就是母亲的"存折"，里面装着母亲的全部财产，没有一样贵重的东西，但是对我，每一样都珍贵无比。

带着母亲的"存折"，我踏上归程。一路上，感慨万千。我知道，和母亲相比，我是富有的，母亲这一生永远不可能有50万元存款了！对她来说，那是一个天文数字，她想都不曾想过。

和我相比，女儿是富有的，她一出生就拥有的东西，是我拼搏多年才得到的。但是，女儿却永远也不可能像我一样，拥有自己的胎发、乳牙了。这些记载她生命的收据，让一路奔波的我遗失在逝去的岁月里，再也找不回来了！

我的妈妈与众不同

◆文/佚　名

　　小时候，妈妈简直就是我的"心腹大患"，因为她太与众不同了。我很早就知道了这一点。

　　去其他孩子家玩的时候，他们的母亲开门后，说些"把你的脚擦干净"或"别把垃圾带到屋里"之类的话，不会让人觉得意外。但在我家，却是另外一种情形。当你按响门铃后，就会有故作苍老的孩子的声音从门里传出来："我是巨人老大，是你吗，山羊格拉弗？"或者是甜甜的假嗓子在唱歌："是谁在敲门呀？"

　　有时候，门会开一条缝，妈妈蹲伏着身子，装得跟我们一样高，然后一板一眼地说："我是家里最矮的小女孩儿，请等会儿。我去叫妈妈。"随后门关上大约一秒钟，再次打开，妈妈就出现在眼前——这回是正常的身形。"哦，姑娘们好！"她和我们打招呼。

　　每当这时候，那些第一次来的伙伴会一脸迷惑地看着我，仿佛在说："天哪，这是什么地方？"我也觉得自己的脸都让妈妈给丢尽了。"妈——"我照例向妈妈大声抱怨。但她从来不肯承认她就是先前那个小女孩儿。

　　说实话，大人们都很喜欢妈妈，但毕竟与妈妈朝夕相处的是我，而不是他们。他们一定无法忍受"观察家"的存在。这是个隐形人，妈妈经常跟他谈论我们的情况。

　　"你看看厨房的地面。"往往是妈妈先开口。

　　"哎呀，到处是泥巴，你才把它擦干净，""观察家"同情地答道。"他们就不知道你干活有多累？"

"我猜他们就是健忘。""那好办，把污水槽的抹布交给他们，罚他们把地面擦干净，这样才能让他们长记性。""观察家"建议。

很快，我们就人手一块抹布，照着"观察家"给妈妈的建议开始干活了。

"观察家"的语调和妈妈如此迥异，以致根本没人怀疑那就是妈妈的声音。"观察家"注视着家庭成员的一举一动，不时地挑毛病、出主意。所以我的朋友们经常问我："谁在跟你妈妈说话？"

我真不知如何来回答。

时间流逝，妈妈的言行没有丝毫变化，但她在我心目中的形象有了改善，一个偶然事件使我第一次意识到，拥有与众不同的妈妈是很不错的事。

我家住的那条街，有几棵参天大树，孩子们喜欢沿着树爬上爬下。如果一个妈妈逮到哪个孩子爬树，马上就会引来整个街区的妈妈们，然后是异口同声的呵斥："下来！下来！你会摔断脖子的！"

有一天，我们一群孩子正待在树上，快活无比地将树枝摇来摆去。刚好我妈妈路过，看到了我们在树上的身影。当时，大伙儿都吓坏了。"没想到你还能爬这么高，"她大声冲我喊，"太棒了！小心别掉下来！"

随后，她就走开了。我们趴在树上一言不发，直到妈妈在视野中消失。

"哇！"一名男孩情不自禁地轻呼。"哇！"那是惊讶，是赞叹，是羡慕我拥有这样一个与众不同的妈妈。

从那天起，我开始注意到，同学们下午放学回家的时候，总喜欢在我家逗留一段时间；同学聚会也经常在我家举行；我的伙伴们在自己家里沉默寡言，一到我家，就变得活泼开朗，跟我妈妈有说有笑。后来，每当我和这些伙伴遇上成长的烦恼时，总愿意向我妈妈求助。

娘是世上最亲你的人

◆文/王小艾

她出生在一个小乡村，父母都是农民，世世代代也都是在那儿生活的。她的下边还有一弟一妹，她从小就洗衣做饭，充当他们的保姆，穷人的孩子早当家。

可她是个心气极高的女子，从小就觉得自己不该出生在这样的家庭，而应该是那种大富大贵的家庭。但是出身已经无法选择了，她明白只有靠好好学习才能改变自己的命运。

她的母亲是个只有小学三年级文化程度的矮小女人，嫁给了一个喜欢酗酒的男人，每天为了丈夫和孩子忙碌着，忙完了家里忙田里，从来都没有自我。在她小小的心灵中，这样的一生真是无趣至极啊。

而她也从未从母亲那里得到更多的关爱，从小她就懂得要把好吃的、好玩的让给弟弟妹妹，争宠什么的在她是从没想过的。

每天上学的时候，隔壁养鸭大王的小女儿都来叫她一起走。人家同龄的小女孩儿都穿得花枝招展，而她的衣服都是最朴素和最普通的。她的心里不是没有羡慕。有一年过年的时候，她看中了一条带有小小的蕾丝花边的裙子，眼睛停留在上面不动，她的母亲过来一把将她拉开，嘴里嘟囔着："太贵了，都抵得上一袋粮食了。"那以后的几个夜晚，她的梦里都是那条小裙子，泪水打湿了枕巾。她多么恼啊，为什么我要生在这样的家庭？为什么我要有这样的母亲？童年没有玩具，没有漂亮的衣服，只有不应属于她的早熟。

倔强的她在外人面前总要装出一副毫不在意的样子，因为她有最令她自豪的资本，她的成绩是年级第一。

她的父母没有注意到这个喜欢沉默的瘦小丫头的决心，尽管也为她的成绩高兴。可是她的压力却很大，因为她把自己的未来赌在这上面了，她要上大学，去很远的京城。有时偶尔考差一次，自尊心极强的她就会惩罚自己，要么不吃饭，要么拼命地干活。而她从不对她的母亲讲，她的母亲不会理解的，她的母亲也不知道怎样给孩子最好的学习方法指导和意见。

13岁时她来月经了，鲜红的血一个劲地流出来，肚子又疼得厉害，她吓傻了，以为自己要死了。她偷偷跑去问同村的高年级的表姐，表姐给她买了白色的很温暖的卫生巾，给她讲了很多有关的知识。

而她的母亲是后来才知道自己的女儿已经长大了，可是作为每个女人成长过程的必经阶段，母亲对她并没有给予更多的关心，甚至连关怀的话都没说过一句。

她寂寞地独自成长着，很多时候想着自己以后有了女儿，一定要事先将很多东西都教会她，一定不让她这样孤单地、茫然地面对成长的种种烦恼。

她和母亲的隔阂越来越深。她觉得在精神上、物质上，母亲都是亏欠她的。

她考上了省城最好的高中，可是那里学费比较贵，而她家还有两个上学的孩子，是不可能供得起的。于是，她选择了一个可以免除她三年学费的普通高中，是金子到哪儿都会发光的，她相信自己。

她从不参加同学的生日聚会，因为她买不起漂亮的礼物。而她自己的生日也常常被忘记，她的母亲从来不会给她买一个生日蛋糕。经常会有同学的父母来看望自己的孩子，她却从来不敢奢望她的父母来，因为他们没有时间，即使有了时间也不可能给她买什么补品之类的东西。

三年的高中，她的母亲只来过一次，是大清早来卖自己地里的西瓜的，带着几个瓜来看她。她的母亲头上还带着露水，和她说了不到三句话就匆匆地走了。

她放学后到那个地方去找他的父母，想帮忙卖瓜，可是走近了却怎么也叫不出来，她怕被自己的同学们看见后笑话。她的父母什么都没说，只是让她回学校，别耽误学习。

母亲要上厕所，她带母亲去公厕，母亲很恼火，上厕所还要钱啊。从卫生间出来后，她听到有人在身后说了一句："上完厕所都不冲水。一点素质都没有。"

她的母亲不知道该怎样使用那个小小的按钮。她的眼泪差点出来，她知道不能怪母亲。一个只有小学三年级文化的农村妇女，可是她心里却有小小的怨气，要是我的母亲不是这样多好啊。

高考时，她填报的都是北京的高校。她最终被京城一所高校录取了，学费也是申请的助学贷款。每一年她依然得一等奖学金。一到周末她就自己去做家教或者促销什么的。她的父母只是偶尔给她寄儿百元钱，也是从牙缝里省下的。

她的同学中，有很多父母都是高官或知识分子。有时，听同学打电话给母亲，叫"darling"、"亲爱的老妈我很想你"，她真的很羡慕，她是永远不可能对自己的母亲说出这样的话的，而她的母亲也不会对她说一句"我想你"。她的成长环境和她们是不一样的。她从不在别人面前提起自己的父母。她被城市渐渐地同化，也学会了吃麦当劳，偶尔也和别人一起去喝咖啡，去唱歌。

很多时候她在想，这才是我想要的生活啊。而她母亲的一生都没有这样的生活质量啊。

有一次，她回家过年，母亲看着她的花边牛仔裤、美宝莲璀璨唇膏，摇了摇头。她不以为然，这些都是自己挣钱买的。她越来越觉得和自己母亲之间的代沟太深，这代沟的产生，不光是因为她们是两代完全不同的人，在她看来更多的是自己的母亲没什么文化。她无法给她的母亲讲国内外的什么事件，她的母亲只关心粮食的产量、庄稼的收成、孩子的成绩。

吃饭的时候，她竟然觉得自己的母亲吃东西的声音太大了，而且她第一次发现母亲竟然像个男人一样吃了两大碗米饭。她的心里不由得反感起来，尽管另一个声音告诉她，这是你的娘，不管怎样你都要尊重她。可是那种看不惯好像已经在她心里发了芽，根深蒂固，让她不由自主地想逃离。

大学毕业，她考上了国家公务员，终于留在了自己渴望的京城。不多久她就找了个北京"土著"男友，感情还算不错，可她从不去他的家，害怕人家的父母问起自己的家庭情况。于她，那是一个疤痕，她不想示之于人。

每个月她总是按时地寄500元回家，给弟弟妹妹上学用。她想，对父母，她已经做到仁至义尽了。

她学会了和身边的人攀比，在这个贫富差距巨大的城市里，她的欲望不断地膨胀。穿衣服要名牌，手提电脑和珠宝什么的都不能比人差。为了显示自己良好的家境，她给男友也买了很多东西，而这些是她的工资所无法满足的。

最终，她被查出挪用公款十万余元。男友没有和她一起承担，从她的生活里消失了，而平时的那些朋友很多也是对她躲之不及。只有几个死党把自己婚嫁的钱都给她垫出来了，可是离十万还差三万多。她整个人崩溃了，才24岁，她不想坐牢啊。最后，她甚至想到了一死了之。

她的母亲是从她最好的朋友那里知道这个消息的。电话打到了村支书家，让人家去叫的母亲。她的母亲听完了朋友断断续续的话后，愣了很久，没说一句话，最后坚定地对她的朋友说："告诉我的娃，千万别想不开。有娘在。"

她的母亲一生不曾求人，为了找换女儿命的钱，她抛下尊严，一家亲戚一家亲戚地借钱：她卖掉了家里的几头猪，卖掉了几乎所有值钱的东西。她每月寄的钱母亲都一分没动地存着，是为她应急用的。终于在不到一个月的时间里，凑齐了二万块钱。

那一次，她的没有出过县城的母亲在上大学的妹妹带领下第一次到了京城，来到她租的小屋里。母亲看到她第一眼，第一句话就是："孩子，你受苦了。娘给你做点好吃的。"便开始在厨房里忙碌起来。

妹妹在她的身边给她讲着母亲是怎样筹钱的。姐姐，你知道吗？你一直是娘的骄傲啊。娘一直以你为荣。在心里是最喜欢你的啊。姐姐，你很少回家，可能不知道，娘曾为了我们的学费去卖过血。这一次娘也去卖了啊，她还让我一直瞒着你。她原本已经想死的心，一点点地被融化，最终抱着妹妹号啕大哭。

身高不足一米六的矮小的母亲，做好了她最爱吃的土豆肉丝和鸡蛋汤。仿佛什么都不曾发生过一样，只是眼神里的坚定让母亲变得高大。她掀开母亲的衣袖，看到了母亲胳膊上密密麻麻的针眼。"娘！"她第一次扑在自己母亲的怀里，像一个婴儿在那温暖的怀抱里找到了重生的力量和爱。

妈妈的味道

◆文/哑 樵

每当想家的时候，总有一股特殊的味道从心底浮起，香香甜甜，像桂花，又像芝麻，在血液里，在灵魂里，飘散开来，让我的心啊肝啊，五脏六腑，都为之陶醉。

我知道，那就是家的味道。

我从小身体较弱，所以，妈妈总要瞒着弟弟妹妹，额外给我弄些好吃的。

现在，我还清楚地记得，小时候，妈妈用自己悄悄攒下的钱，给我买了好多饼干，偷偷地藏在家中的红漆箱子里。每天早晨，我和弟弟妹妹们一起上学，走到院子里的时候，她再把我喊回来，说我忘记了带东西，等我回到屋子，就飞快地从箱子里拿出两块饼干，塞到我的书包里。

因为体质不好，我经常生病。医生建议妈妈给我好好补补身体。那年冬天，妈妈卖掉了自己的一件首饰，买了半只羊，每天给我熬一碗羊肉汤，当弟弟妹妹们睡去后，把我叫起来，当夜宵给我吃。

喝了一冬天的羊肉汤，我的身体变得结实起来。看着我走路有劲儿了，也不再三天两头病了，妈妈的脸上露出了笑容。也许是养成了习惯，也许是这个天生羸弱的儿子更易惹起她的爱怜，她还是会偶尔为我悄悄地做些好吃的。

那年的元宵节，由于家里穷，买不起更多的江米面和馅料，妈妈忙乎了一下午，做了好几个菜，可是元宵端上桌子的时候，每个人的碗里只有四个元宵，为了让碗里的东西显得多一些，妈妈煞费苦心地把鸡蛋煮熟后剥了皮，从中间的部位切开，然后让光滑圆润的那部分浮在上面，不细看，就像真的元宵一样。

很快，四个元宵就如猪八戒吃人参果一样，不知其味地下肚了，看着我和弟弟妹妹们吧嗒着嘴，妈妈没舍得吃自己碗里的元宵，给爸爸、我和弟弟妹妹碗里一人分了一个。

那可能是我记忆中吃得最快的一顿饭，没几分钟，我们就吃完，人人的脸上都挂着"没饱"两个字。

天黑了，我和弟弟出去放了会儿鞭炮，又看别人家放了焰火，早早地睡了。

正睡得迷迷糊糊时，突然有人拍我。我睁开眼睛，揉了揉，是妈妈正站在床前。手里端着一碗东西，还冒着热气。我掀开被子，刚要爬起来。觉得一股寒气钻进被窝，妈妈把我按下，手放在唇边，做了个"嘘"的姿势，看着我，小声说："快钻被窝里，慢慢吃。"

那是两个芝麻馅元宵，散发着扑鼻的香气。我抓起筷子，捞起一个就往嘴里塞，险些烫着。妈妈悄声说："别急，都是你的。"

我用热气哈着脸，一股特别的味道直沁心脾。慢慢地在嘴里嚼着元宵。品尝着、回味着。不知道吃了多长时间，两个元宵终于吃完了，妈妈拿走了碗，我也翻身睡去。元宵的香气一直飘散到梦里，让我睡得非常香甜。

长大了，我离开家，到北京工作。每逢元宵节，我都不能在家里过，只能吃上一碗爱人买的好利来汤圆，因为这里可以找到妈妈的味道。

今年的元宵节，我已经安排好了自己的时间，一定要在家里和妈妈一起过，吃一碗她亲手做的元宵。

如果有可能，我要求妈妈再为我做一件事：她再煮一碗元宵，半夜悄悄把我叫醒，送到我的被窝里。

我想悄悄地告诉妈妈：那碗元宵里，有我终生不忘的味道。

左亲右爱

◆文/舞月飞

那天晚上，接到远在千里之外的父亲的电话。电话的那端，父亲在叙述近来母亲不太好的身体状况，我没有插话，静静地听着。握着话筒，突然真切地意识到电话线的另一端已是两个苍老、无助的老人。妻握着我的手说，"坐飞机吧，早一点到家，多一点时间陪陪爸妈。"

下了飞机，又经过几个小时的奔波，车一到县城，就看见母亲在四处张望。一看见我，她眼前一亮，忙不迭地跑过来。我问她："怎么这么巧？今儿赶集，正好碰到我们？"

母亲笑道："我在家闲着也是闲着，就天天过来瞧瞧！"

母亲说得轻描淡写，可我知道，从我家到县城坐"麻木"（一种三轮摩托）都要收五元钱，辛苦节俭了一辈子的母亲断舍不得花这五元钱，答案只有一个，就是母亲天天走着过来。

在南方的老家总是阴雨绵绵，加上天气转寒，自然容易引发风湿性关节炎。我让父母亲到我那里住，毕竟北方雨水少，并且冬天有供暖，他们的身体自然要好一些。父母亲不愿意，说又要花钱。最后没办法，我骗母亲说，妻有了身孕。父亲说家里还有几头猪要养，还是让你娘一个人去吧。

一进城里的家，母亲就当上勤杂工，拖地板、洗衣服、煮饭炒菜，不停不歇。母亲用她惯常的生活方式，精心打扮着这间夹在楼群中极不起眼的小屋，并尽心伺候着妻。不久母亲不解地问我：怎么她肚子不见大，而且吃的比我还多？我忙说，才怀上呢。

时间长了，母亲也知道了我们善意的谎言，要回老家去。没办法，我说："这个周末带你出去转转。"母亲不同意，说又要花钱。为了排遣母亲的寂寞，我决定请专门的陪聊人员每天上门陪母亲聊天。并骗她说这是同事的亲戚，来串门的，可这怎么能骗过她呢？

接下来一连好多天，干完家务的母亲就说她要去别的老太太家串门，我们也没在意。一天，遇到同楼的邻居，他说，你们家的乡下亲戚真能干，比我们城里的钟点工卖力多了，一个小时干别人两个小时的活。我的泪一下子就下来了，原来她做钟点工去了。母亲怕丢我面子，做钟点工的时候，只说是我的远房亲戚。

干了半年，母亲将她半年挣的一点工钱交给我，我坚持不要。母亲说，别人当父母的可以一次性给你买套房子，我能力有限，只能挣点是点。再说城里的生活水平太高了，一斤鸡爪就二十元，老家都没人吃……

母亲要回去了，说惦记父亲，我知道她是担心自己年纪大了，怕做钟点工人家嫌弃，当然也是过不习惯城市的生活。母亲临走的时候说："我回去再多养几头猪，多换几个钱，帮帮你。等你们真的有孩子，我再来……"

别怕，妈妈

◆文/佚 名

写东西就快十年了，自问对得起读者。可良心欠下的一笔债，却让我久久无法释怀。

孩子一岁零十个月大，母亲患了脑萎缩，而且还伴有积水。到去年五月，孩子整四岁时，母亲第三次去医院做了引流术。但病情还是急转直下：母亲很快就不认人了，时常找不到回家的路，甚至费了半天劲，也说不出一句完整的话。爸不敢让她单独出门，生怕一个大意，母亲会从我们生活中消失。

每次回到娘家，我总是一手领着孩子，另一只手牵着母亲，带她到处散散心。母亲习惯性地缩在我身后，亦步亦趋。我不停地问这问那，特别是一些小时候的事情。每一次，母亲都很认真地回忆着，不过大多数时候，这种努力是徒劳的：她已什么都不记得了！有几次，她竟然急得当街哭了。

各种药物治疗，非但没有延缓病情的恶化，反而使原本消瘦、挺拔的母亲，一天天胖了起来。平静时，她嘴里总在念叨我们姐妹的乳名，时常莫名其妙地就暴躁起来，声嘶力竭地喊着谁也听不懂的话。经过一年的折腾，母亲的暴躁越发频繁起来。

夏夜，广场上聚集了好些人。妈妈双手用力拉紧了我，冲迎面走过的人，似笑非笑地点着头。不远处，铿锵的锣鼓，很快吸引了儿子的注意。他拉着我的手，使劲往那边拽；而高分贝的锣鼓，显然刺激了母亲，她烦躁不安地摇晃着我的手，同时，更加用力地向后拉扯着。那一刻，我真正体会到了，什么叫做进退两难。我尽力保持着身体平衡，情急之下，眼泪差点涌了出来。我只好劝孩子："宝宝乖，先送姥姥回家，一会儿妈妈再带你来玩，好吗？"孩子小嘴一撇，背过身子，极不情愿地拖着长音，"嗯"了一声。

领母亲走路是件很吃力的事，因为她更像是个孩子；她甚至对树上拖下的彩灯都充满了好奇，边走边用手抚摸着，嘴里一个劲叨咕着："好好、不要不……"路上车来车往，我格外用力地牵紧了母亲。这时，顽皮的儿子，猛然挣脱了我的手，一溜烟跑去追赶广场上的一辆电瓶车。我简直惊呆了，大声地喊着儿子。他竟装作没听见，头也不回地飞奔而去。我想去追，可又担心母亲。她似乎意识到我要松开手，两手从背后突然用力，紧紧地箍住我的腰，随即，"哇"的一声哭了起来。我用目光追着儿子，轻声劝着妈妈："妈妈，别怕，我不走，你先放开手。"此时，我远远看见儿子脚下一滑，跌倒了。凭着做母亲的直觉，我感觉孩子可能是头先着的地。当时，我的心好像要从嗓子眼儿蹦出来，竟不管不顾地对着母亲吼了起来。我使劲挣脱了母亲，飞跑向孩子。顾不上细问孩子摔伤了哪儿，我便拎着他，来到了母亲身边。

眼前的情形，今生我恐怕再不会忘怀了：妈妈两腿跪在地上，左手向上弯曲着，右手轻轻地拍着自己的腹部，仿佛怀里抱了个婴儿；

她眼里含着泪，嘴里爱怜地说着："别怕，妈妈来了，妈妈来了……"
边上围了一圈的人。此情此景曾经是何等的熟悉呀！就在二十年前的
一天，那时我上三年级。放学后，我横穿操场去妈妈工作的医院，不
幸被高年级同学的足球击中，而倒地昏迷。醒来后，妈妈她就是今天
的样子，我就是这样躺在妈妈的怀里；妈妈的嘴里就重复着今天的话
语。二十年以后，这一切，我早忘得一干二净。而在母亲记忆里，竟
然还是那样的清晰！仿佛时光倒转，一切就发生在眼前。

那一刻，我再也无法抑制自己的感情，扑过去，跪在地上，搂着
母亲双肩，放声哭了起来。泪光中我分明又看见妈妈牵着我的手，一
次次过马路；灯光下，妈妈把着我的手，耐心地纠正着每一个写错的
字，在我一觉醒来的时候，妈妈依稀还在那里洗着衣服……我止住哭，
扶起来妈妈，一路上，我反复对妈妈也对自己说着这句话："妈妈，别
怕，牵着我的手。"其实我知道，当初爱的付出，是不图任何回报的，
但我更清楚，爱至少不应这么轻易就被忘记的。

妈妈的眼睛

◆文／［俄］布洛宁

在世界射击锦标赛的现场，发生了有史以来从未有过的急死人的
新鲜事：五十米手枪慢射冠军普钦可夫失踪了！在即将颁奖的节骨眼
上，刚刚打破世界纪录的普钦可夫神不知鬼不觉地在众人的眼皮底下
消失得无影无踪。

普钦可夫失踪得很不是时候，在恐怖、爆炸、劫持、绑架等等字
眼屡见报端的大背景下，他的失踪不禁使组委会头头脑脑的神经顿时
紧张起来，他们一个个心跳加速血压升高。广播喇叭更是声声急字字

催："普钦可夫，马上去领奖台！马上去领奖台，普钦可夫！"

实际上，普钦可夫安然无恙、毫发无损。此时此刻，他正躲在一个谁也发现不了的角落里与他的妈妈通电话："妈妈，妈妈，您看见了吗？您听见了吗？赢了，赢了，得了冠军，破了纪录！"

"看见了！听见了！电视机开着呢，评论员的声音大着呢。你听，你听，广播里正喊着你的名字，快，快！领奖去！"千里之外的妈妈柳莎无比高兴、无比激动，她的嘴巴大大地张着，双眼一动不动，一副喜极欲哭、欲哭无泪的样子。

"妈妈，妈妈，您知道吗？用妈妈的眼睛瞄准，靶心就像又大又圆又明的月亮，手枪的准星一动也不动的，子弹长了眼似的直往靶心钻。"普钦可夫热血沸腾、言犹未尽。这也难怪，对于一位双眼曾患恶性黑色毒瘤的人来说，能够逃脱无边黑暗的厄运，迎来鲜花如海光明灿烂的世界，这全赖妈妈柳莎的眼睛和医生巴甫琴科的妙手回春。

八年前，十岁的普钦可夫被确诊双眼患上恶性黑色毒瘤。几十所医院几百名大夫像串通好了似的，众口一词：做眼球摘除术！不然的话，快则三月、慢则半年……

命运如此残酷。天真活泼的儿童就得面对要么死亡要么黑暗的选择。这选择沉甸甸的，压得人透不过气来。普钦可夫直愣愣地望着母亲，用清纯而困顿的嗓音说："妈妈，书上说'光明无限好、世界很精彩'，我还没看够呢。书上说'生命是第一句宝贵的，对人只有一次而已'，我才刚刚起步呢。"

柳莎完全明白儿子的意思。是啊，光明与生命二者兼而有之是再好不过了。可是，她非常清楚：感情战胜理智的结果是非常可怕的，她不能忘却丈夫的前车之鉴，她一字一顿地说："儿子，你爸爸的病与你的一模一样，他不听医生的，结果呢……"柳莎再也说不下去，她声音哽咽，眼泪在眼睛里打着旋儿。

柳莎与儿子当机立断：两害相较取其轻。

　　决定一经作出，柳莎变卖财物，仅仅两天的时间，她一股脑儿地把汽车、钻戒和满头金发换成了现金。她卖得那样的果断、那样的坚决，她要让儿子手术前去看中国的万里长城，埃及的金字塔，美国的大峡谷，法国的凯旋门……

　　母子俩一路欢笑，怎么看也看不够，怎么说也说不完。普钦可夫忘却疾病，完全沉浸在母爱的幸福里。

　　这样愉快的旅程却不得不在中国长城的烽火台上戛然而止，因为柳莎的随身听的声波有力地撞击她的耳膜：眼科专家巴甫琴科发明了视神经诱导接合剂，使移植眼球的梦想变成了现实，一只盲犬已重见天日。

　　柳莎母子分秒必争日夜兼程，次日中午就来到巴甫琴科面前，要求马上手术：把母亲的一只眼球移植给儿子。

　　巴甫琴科看见了柳莎的眼睛，那是一对世界上最漂亮最湛蓝最纯洁的眼睛。

　　"眼球移植还从来没有在人身上试验过。"巴甫琴科说。

　　"总得有第一个吃螃蟹的人。大夫，把我的一只眼球移植给我的儿子，我和儿子就都有一个光明的世界。大夫，平白无故多出一个光明的世界，合算，合算。求您了。"柳莎说。

　　尽管柳莎的眼球和普钦可夫的眼眶配合得天衣无缝，尽管巴甫琴科努力努力再努力，人类史上第一次的眼球移植还是失败了，世界上徒添了两只义眼，一只在柳莎的眼里，另一只在普钦可夫的眼中。上天就是这样，撒下了希望的火种，又浇灭了光明的火苗。

　　柳莎要进行第二次眼球移植：把她的第二个眼球移植给普钦可夫。于是，就有了一场艰难的对话。

　　"你是否知道最可能的结果？"巴甫琴科问。

"知道。"柳莎回答得很干脆。

"你坠入黑暗，你儿子也见不到光明呢？"

"知道，我做好了一切准备，能接受最坏的结果，能忍受一切痛苦。"

面对这样的母亲，巴甫琴科沉着冷静地做了第二例眼球移植手术。

功夫不负有心人，手术成功了。

柳莎和普钦可夫出院的那天清晨，天特别的蓝，风特别的暖，太阳和月亮都赶来看人间最动人的一幕：柳莎背着她的儿子，儿子闪着明亮湛蓝的右眼，发着走、停、左拐、右转的口令，母亲迈着坚定有力的步伐一直向前。

爱到无力

◆文/丁立梅

母亲踅进厨房有好大一会儿了。

我们兄妹几个坐在屋前晒太阳，等着开午饭，一边闲闲地说着话。这是每年的惯例，春节期间，兄妹几个约好了日子，从各自的小家出发，回到母亲身边来拜年。母亲总是高兴地给我们忙这忙那。这个喜欢吃蔬菜，那个喜欢吃鱼，这个爱吃糯米糕，那个好辣，母亲都记着。端上来的菜，投了人人的喜好。临了，母亲还给离家最远的我，备上好多好吃的带上。这个袋子里装芹菜菠菜，那个袋子里装年糕肉丸子。姐姐戏称我每次回家，都是鬼子进村，大扫荡了。的确有点像。母亲恨不得把她自己也塞到袋子里。

这次回家，母亲也是高兴的，围在我们身边转半天，看着这个笑，看着那个笑。我们的孩子，一齐叫她婆婆、外婆，她不知怎么应答才好。摸摸这个的手，抚抚那个的脸，这是多么灿烂热闹的场景啊，它把一切的困厄苦痛，全都掩藏得不见影踪。母亲的笑，便一直挂在脸上，像窗花贴在窗上。母亲突然想起什么似的说，我要到地里挑青菜了。却因找一把小锹，屋里屋外乱转了一通，最后在窗台边找到它。姐姐说，妈老了。

妈真的老了吗？我们顺着姐姐的目光，一齐看过去。母亲在阳光下发愣，母亲说："我要做什么的？哦，挑青菜呢。"母亲自言自语。背影看起来，真小啊，小得像一枚皱褶的核桃。

厨房里，动静不像往年大，有些静悄悄。母亲在切芋头，切几刀，停一下，仿佛被什么绊住了思绪。她抬头愣愣看着一处，复又低头切起来。我跳进厨房要帮忙，母亲慌了，拦住，连连说："快出去，别弄脏你的衣裳。"

我继续坐到屋前晒太阳。阳光无限好，仿佛还是昔时的模样，温暖，无忧。却又不同了，因为我们都不是昔时的那一个了，一些现实无法回避：祖父卧床不起已好些时日，床前照料之人，只有母亲。母亲自己，也是多病多难的，贫血，多眩晕。

我再进厨房，钟已敲过十一点了，太阳当头照，我的孩子嚷饿，我去看饭熟了没。母亲竟还在切芋头，旁边的篮子里。晾着洗好的青菜。锅灶却是冷的。母亲昔日的利落，已消失殆尽。看到我，她恍然惊醒过来，异常歉意地说："乖乖，饿了吧？饭就快好了。"这一说，差点把我的泪说出来。我说："妈，还是我来吧。"我麻利地清洗锅盆，炒菜烧汤煮饭，母亲在一边看着，没再阻拦。

回城的时候，我第一次没大包小包地往回带东西，连一片菜叶子也没带。母亲内疚得无以复加，她的脸，贴着我的车窗，反反复复地说："乖乖，让你空着手啊，让你空着手啊！"我背过脸去，说："妈，城里什么都有的。"我怕我的泪，会抑制不住掉下来。以前我总以为，青山青，绿水长，我的母亲，永远是母亲，永远有着饱满的爱，供我们吮吸。而事实上，不是这样的，母亲犹如一棵老了的树，在不知不觉中，它掉叶了，它光秃秃了，连轻如羽毛的阳光，它也扛不住了。

我的母亲，终于爱到无力。

泪水中的爱

◆文/邱　雯

妈妈是爱我的，但要我说她是怎么爱我的，我还真说不出，她对我的爱是在平时生活的点滴中。当我一个人想起妈妈时，常常会流下眼泪，也许这就是妈妈对我爱的最好体现。

我读高三那年发生了一件可怕的，我一辈子也忘不了的噩梦。

有一天，我们班主任突然告诉我们，班上一位同学的母亲去世了，老师希望我们多关心她，在她面前不要提到妈妈。太可怜了，一面要高考，一面妈妈又去世了，哪还有心思读书。如果是我，我真不知该怎么办。一想到这里，我马上抽了自己一嘴巴，吐了口唾沫，呸，不可能，我妈妈一直都很健康，我甚至骂自己不该胡思乱想。

过了几天，我看见爸爸和妈妈在商量着什么，妈妈还在哭，心里突然冒出一种不祥的预感。爸爸告诉我妈妈生病了，我们那儿医疗条件不好，妈妈要到福州去治病。我马上追问是什么病，爸爸没有说，只告诉我不是大毛病。不说我也能猜到，一定很严重，不然也不会要去福州看病。以我平常的脾气，一定会问到底，但当时我没有再问，我怕……我坐在妈妈旁边，一起哭了起来。

爸爸陪妈妈去福州了，他们不放心我一个人在家，我搬到外婆家住。那真是难熬的一个月。每天晚上 10 点等着爸爸挂电话来报告妈妈的病情，越接近 10 点我就越害怕，害怕电话那头传来什么不好的消息。跟妈妈讲电话时感觉她努力装着没哭过，尽量用最正常的声音和我讲话，但那种哭得哑了的声音是掩饰不了的，我知道她是不想让我担心，也知道她哭多半是为了我，怕我没人照顾。

经常放学回家，看到外婆坐在椅子上流眼泪。一想到了妈妈，我也忍不住和外婆一起哭了起来。在上课的时候，我尽量让自己集中注意力看黑板，但不知什么时候已经开始想妈妈，不知不觉就流了眼泪。我赶紧擦掉眼泪，害怕老师问我为什么好好的要哭。

妈妈去福州十天后，医生为她动了手术，手术很成功，瘤取出来后，经检验也是良性的。我们一家人都松了口气，悬着的心终于可以放下来了。后来听大姨说，在医生告诉妈妈她肩骨上长的瘤初步判断是恶性时，妈妈并没有哭，只是很镇定地询问了一些关于手术的情况。但当爸爸讲到我时妈妈突然就哭起来了，仿佛生病的人是我。

一个月后妈妈回来了，我更加珍惜和妈妈在一起的时光，并且要求晚上和妈妈一起睡觉，因为我那时高三，马上就要去读大学，能和妈妈一起睡的机会实在不多了，妈妈也答应了我。我仿佛又回到了小时候，晚上睡觉要一只手抱着妈妈。早上醒来要扭扭自己，因为我怕那是我做的梦，我怕妈妈还待在福州治病。高三那年是我睡觉睡得最安稳的一年，因为妈妈在我身边。

现在一个人在大学，无时无刻不在想念妈妈。想着想着还会流泪，自己也不知道为什么要哭。妈妈也一定常常因想我而哭，她一定会拿着一件我用过的或和我有关的东西静静地看很久，自己独自落泪，我知道的。妈妈每天都给我发一条短信，内容都一样，"女儿，今天过得怎么样？"我的回答也都是"我很好"，然后妈妈又要给我发一条，"你好妈妈就放心了，你好妈妈就有希望了"，看到这里我难免又要哭了。

唉，我和妈妈这种由于思念而落泪的日子还要过四年吧，不，也许更久些……

在我的成长历程里，妈妈的爱无处不在，妈妈爱我，我也爱妈妈。

不知道别人是怎样来阐述妈妈的爱，我在想起妈妈时就会流下眼泪，包括现在，也许眼泪是我阐述妈妈爱我的最好方式。

我和妈妈

◆文/孙小敏

妈妈从来不像别人的妈妈那样，说："你是我从垃圾堆里捡回来的呀！"或者："你是别人不要了送给我们的！"她在我很小的时候，不等我问就一遍遍告诉我，"你是我怀孕生出来的，怀胎十月啊，从我肚子里长出来的，从我身上掉下来的肉……"

她似乎不给我怀疑她"正统性"的机会，但我却没有如她所愿和她亲近起来。在她虎着脸冲我生气时，在她很严厉地看着我让我想打哆嗦时，我想，我的妈妈不应该是这样子的。我应该有一个温和的，永远对我微笑的妈妈。可是有个大坏蛋，用另一个女人换走了我的妈妈。她们长得一模一样，只是一个很凶，一个很温柔，他们用凶妈妈换走了我的好妈妈。当然，为了避免露馅，他们会让换来的新妈妈记住一些基本情况，比如我是怎么生的，比如我做过什么，在我面前重复，以免人们怀疑她。可是我是多么聪明啊，我看穿了他们的伎俩。于是我又开始思索更细节的问题：他们什么时候把我妈妈换走的？我的好妈妈是不是还会偶尔回来？我独自怀抱着这个秘密，没有别人知道，我像担负着拯救全人类的重任那样，似乎有了与她对抗的勇气。

我们之间的矛盾大多是因为我贪玩引起的，她总希望我能待在家里，像她口中别人家的小姑娘一样，乖乖地在家，给妈妈帮帮忙。她为了劝说我留下来，总是十分恳切地说："哪怕你什么都不做，就站旁边陪我说说话也好啊。"可是假如我真的勉为其难留下来，她又绝不会真的容许我什么都不做，总给我分配些择韭菜，擦玻璃的活计。所以我一边在心里埋怨她食言，一边瞅机会逃跑，趁她在别的房间做什么或者去喂鸡时，捂着咚咚跳的心口，踮着脚尖，努力压抑着紧张的心情，尽量轻地将房门打开一道小缝，挤出去，然后一气儿跑远，回头看看她并没有追出来，才松口气，才觉得腿都软了。全身被逃跑时的紧张情绪激动着，又为成功的喜悦兴奋着，轻飘飘得几乎能飞起来。

再回去自然是没什么好果子吃的，她有时笑骂几句："毛丫头！才一眨眼的工夫就不见了。"这样算顺利的。有时会怒气冲冲的，"跑，你看谁像你这样天天就知道跑，再跑我把你的耳朵拴起来，看你还跑不跑……再跑我把你腿打断！"我每每被她的威胁吓得胆战心惊，但还是一次次照跑不误。

小学时期四处投奔同学家，一待就是一个下午，中学时期固定下来，常去一个叫豆豆的女孩儿家。放假的时候上午去，下午去；今天去，明天去，跟她爸爸妈妈弟弟都很熟，快变成她们家的小孩了，只回家吃饭和睡觉。妈妈抱怨我把家当旅馆之后看我无动于衷，便常常挑拨离间："你不要老去她家，老去人家就烦了，你在那，人家要干什么也不方便，还得照顾你。"我不理她，实际上，我在豆豆家时很勤快，看到有什么活一定帮着干，比在家里积极多了，豆豆妈妈很喜欢我呢，哪里用得着她操心。

我很少待在家里，也就更少和她一起出门，只有过年时，她带着我坐车去她年轻时的朋友家里拜年。她与这些朋友差不多一年才见一次，彼此没有太多话题好说，就谈孩子。别人常常夸我成绩好，聪明，这时候她便扭捏起来，或者很虚伪地谦虚几句，或者尽量掩饰着得意地小心卖弄着，讲些我的故事，以便迎来她们又一轮夸赞和艳羡。我和小孩子们在一边玩，能听到她们说什么时我就觉得很不自在，很丢脸。我觉得她在利用我满足她自己的虚荣心，我对此义愤填膺。

有一回在别人家过夜，吃过晚饭，那家和我年纪相仿的女孩儿极自然地依偎在她妈妈身上，一会儿又趴在她妈妈腿上看电视。这边我和妈妈并排坐着，并不靠着，中间留有能不碰到对方的距离。我们张大眼睛看着她们，几乎有些不适应她们的亲密。我们没有说话，此后也一直没有再提到过那一幕，但我知道，妈妈一定和我一样，在那一刻有些心酸的恍然大悟：

原来女儿和妈妈应该是这样子的。

初三时我和妈妈变成彻底的敌对状态，或者说是我单方面选择敌对。我几乎不和她说话，从她嘴里说出的任何话都让我感到烦躁和抵触；她愈发小心翼翼地和我搭话，观察着我的脸色，这种厌恶的感觉就越强烈。我甚至拒绝和她长时间待在一个房间，在每一次她说起什么的时候打断："行了，我知道了。"再加一句："烦死了。"

我说我高中要去别的地方上，我再也不在阿勒泰这里待了，我要去别的地方。

我总是急于离开，小学中学是朝外漫无目的地跑，高中便去了乌鲁木齐住校，之后是大学。我离妈妈越来越远。在离开时，没有一丝牵挂。我几乎是迫不及待地离开，不去看她黯然失神的脸。

妈妈在新疆没有什么亲戚，也没有常见面的朋友，又不爱和邻居打牌，她始终是孤单的。她所有的心事、所有的感慨和不如意，只能向她身边唯一的女人诉说，只有她女儿能明白。她以为我能明白。

或许我真的明白了，只是在很久以后。那时的我只是嫌她啰唆，嫌她烦，嫌她无病呻吟，然后躲开。

妈妈常回忆她的过去，给我讲她很小的时候姥姥就去世了，她住在我大舅家，舅妈出于当时妇女勤俭的本能，对这个吃她用她的小妹很不待见；初中毕业没学上了，妈妈在乡卫生所当了一阵护士，别人给她张罗婚事，不想一辈子就那样，就一咬牙跑新疆来了。

上完初中要升高中时，妈妈成绩很好，在班里数一数二，但当时不是靠成绩录取，而是由公社推荐，就没有她。她不服气，去讨说法，上面人说，你年龄太大了，还上什么学呀。妈妈上学晚，比一般同学大两岁，就凭这个理由把她刷下来了。升高中名额有限，姥爷又一辈子是个老实巴交的农民，抢不过人家，只好算了。和她一起的同学有上了高中的，带她进了高中学校里，领她看了看宿舍。

她说："她让我坐，我就在她们床上坐了会儿，还给我倒了杯水，我没喝，我坐了会儿就出来了。"她沉默一阵，叹了口气："唉，那会儿我是多么想上学去啊……我还在高中宿舍的床上坐过一会儿呢。"

我上学很早，比同学都小一两岁，就是这个缘故。

有一次我问她姥姥的事，本来是随口一问，她却认真地想了起来，最终还是说不清楚，有些尴尬地说，你姥姥死的时候我还不到五岁呢，哪记得住啊。我本来就没有刨根问底的意思，也就作罢，她自己仍在说，你姥姥死得太早了，所以我是没有母爱的——不知道，我只有父爱。

她很随便地说说，我却很认真地难过。

我一直是自己洗衣服，自己梳头，自己为明天穿什么而打算；她不检查我作业，下雨时不去接我，不知道我什么时候第一次来月经（我不愿意告诉她），我很多次在心里埋怨她这个母亲的粗疏大意与不称职，打心眼儿里羡慕那些娇滴滴地在母亲怀抱里的女孩儿；这时我忽然原谅了这一切，我第一次想到，因为妈妈在这些时候，也是一个人去面对的。

妈妈甚至不记得有妈妈是什么样。

在我的成长中老去的她

◆文/李亚楠

两年前，高三。

同学说，楼下，有人找我。

应该是她没错。

我挽着她的手一级一级爬楼梯，等爬到我宿舍所在的六层，已经过去了好长时间。要在平时，我早就三步并作两步上来了，可是现在，我得随着她的步伐。忽然心里就有了些疑惑：以前上楼的时候，不都是她等我吗？每次我都好慢！十几年就这么快过去了，快得我都不知道我和她是在什么时候在这件事情上换了个位置。

眼前的这个人，在我小的时候，把我的旧鞋子钉在她的床下，她说这样我就永远离不开她，丢不了了。

我把她带到我的宿舍，让她坐在我的床上，给她倒了一杯水。她接过水的一瞬，我看到她戴着手套，但是我没问为什么。直到同学问起，她忸怩不安地把手往背后藏，我才意识到什么，坚持要看看。她拗不过我，拿下手套，我面前的手是皲裂的，一道红红的血口，张牙舞爪，看得我心里极不舒服；已经忘了要问为什么，心里头有种胀胀的、没有办法释放的感觉，说不清楚是怎样一番滋味。记得以前我让她帮我挠痒痒的时候，她总是用她的大手在我背上轻轻抚摩一下，而我却感觉如针扎一般的痛，而现在这双手显然更粗糙了……不忍心再去看，让她重新戴上手套，她才终于没有了刚才的忸怩与不安。

她陪我坐了一个中午，唠叨了一个中午，无非是吃好、穿暖，然后我要去上课，她要去赶车回家，因为家里的一切还等着她这双皲裂的手，我不能挽留，目送她离开。她下楼也是很慢，一步一步，小心翼翼地，生怕踩不稳当；一步一步，孤独的背影正离我远去。以前，总是我踏上汽车，绝尘而去，从来没有感觉到什么不对，甚至没有回头看一看的习惯。我总是向往明天的新的生活，不会回头看看昨天。从来不会想到她当时的心情，以及她的表情。

现在，我终于明白，送一个人走的时候，心里头的那份落寞。她的背影弯弯的，像把弓。又是什么时候，她变成这个样子的？记忆中，她总是那么快乐能干，背着我，哼着歌。一直以为她很强壮，从来没有像现在这样意识到她的瘦弱，是的，只能用这个词——瘦弱。或许，是我太沉了，总是压在她的背上，她的背才不得不弯下一些，她的步伐才不得不沉重一些，她的呼吸才不得不急促一些吧！我也把她的歌谣全部压回了她的心里，让那些歌谣全都在她的心里寂寞地等待。

她逝去的青春究竟被谁拿去了？我只知道，我长得越来越高，越来越壮，而她，却在一天天地消瘦，单薄；我一天比一天红润，而她一天比一天苍白。

她已经把她的青春注入了我的身体，可她还在继续把她的生命消耗在我的成长上。我长大一分，她的生命就失去一分。

这么多年一直在她的世界里生活，习惯她所做的一切，以至于甚至忽略她的衰老，总以为她是最强大的力量，永远都是这样，但是突然发现她蹒跚的步履，她从门口走向厨房时多出的三五步。

突然发现我轻盈的步伐，我拧干毛巾的时候已经很轻松，不像很久以前还需要她的帮忙，那个时候她总是笑着帮我拧干毛巾并帮我擦擦脸，然后再接着做自己的事情。发现了这些，才忽然明白，我和她的位置已经作了交换，但是她仍然做着这些年来一成不变的事情，而我也依然享受着这些年来一成不变的照顾。

有时候，我觉得我是不是很自私，吝啬得连多一点的关心都不愿流露。现在我终于知道我的那点感情太单薄。即使流露，也太轻，因为根本就不会如她那样付出；没有人会比这个女人更愿意为我付出自己的一切。

楼下的那个她纵使走出了我的视线，但我不能忘记，是我压弯了她的背，是我拖长了她上楼的时间，是我抽走了她的青春，消耗着她的生命。

她，是要我终其一生要去爱的那个人——我的母亲。

如今，又是一年母亲节，可是，她知道有这样一个为她而存在的节日吗？或许她把这一天当作再平常不过的一天又在辛劳中度过了吧！所以，讲了很久电话，直到她开始心疼电话费而要挂机的时候，我也始终没有说出"母亲节快乐"这简单的五个字来。甚至没有提起今天的特殊意义，我想，她是不会在意的。

有一个人，从来不会倒下

◆文/李武西

她用一根皮带，把双胞胎儿子的脚脖子捆住，摁到沙发上，然后坐在儿子的腿上，对儿子说，只压一会儿就好了。可是她坐上去就不起来了，儿子痛得大哭，在后面使劲砸她背。

她倒着走路，一手拉着一个儿子。儿子走得很艰难，脚尖踮着，肚子挺着，脖子伸着，像鸭子一样。他们所到之处，总能引得路人侧目，诧异的、嘲笑的、鄙视的……她不管，她拉着他们，走一站、两站，一公里、五公里……

她在自家门上钉了根绳子，让儿子拉着做攀岩动作。孩子根本拽不住绳子，他们的体重远远超过了胳膊的承受能力。她站在后面保护着他们，他们拉一下，她就在后面推送一下。每天三百多个拉伸动作，有一多半的力量来自她的手臂。

她让孩子吹口琴，不要求吹成调，只要吹响就行。她的目的不过是为了锻炼他们的肺活量，防止有一天他们真的呼吸衰竭。没想到孩子们竟吹出了调，吹出了动听的曲子。

她叫薛芙蓉，她的双胞胎儿子金豆和银豆，在五岁时被确诊为进行性肌不良症。医生说，这是世界医学难题，开始是站立不稳，后来双腿肌肉逐渐萎缩、无法行走，再发展到身体各部位肌肉全部萎缩，直到无法进食、无力呼吸，最终呼吸衰竭、失去生命。得这种病的人，很难活过 18 岁。

这一对鲜活的生命，就这样无情地被判了死刑。

为了治病，她带着两个儿子跑了足足两万多公里。六年过去了，所有能试的办法都试了，两个孩子的病情却丝毫没有好转，甚至在不断地恶化。两个孩子，正如医生所言，在一步步地接近瘫痪和死亡。

她仍不肯放弃，用最笨的办法，给孩子压腿、拔筋、按摩，让他们吹口琴，逼着他们走路……连她自己都没有想到，就是这些最普通的办法，为她的孩子赢得了与生命赛跑的时间。

2000 年秋天，两个孩子 13 岁了。那个他们将在 12 岁瘫痪的预言，就这样被顽强的母亲远远地抛在了身后。2005 年 8 月，金豆和银豆 18 岁了，这是他们被预言死亡的年龄，可他们依然在母亲的扶持下，每天艰难地行走着。他们甚至走进了大学的课堂，和同龄的孩子一起学习，追逐自己的梦想。

这不是一个故事，这是一位普通而伟大的母亲，用信念、韧性和爱创造的奇迹。是的，无论人生多么艰难险恶，无论命运多么曲折坎坷，在灾难面前，有一个人永远不会倒下，那就是母亲。

母爱无敌

◆文/赵建文

张丽萍加完班回到家，发现家里黑着灯。她稍微愣了一下，才记起来，丈夫带女儿去医院看门诊了。想起女儿，张丽萍的心一阵抽搐。女儿只有18岁，却不幸染上了恶性眼疾，眼球慢慢萎缩，最后的结局是完全失明，唯一的希望是眼球移植。

张丽萍掏出钥匙打开门，拉开灯，被眼前的景象惊呆了：家里所有的橱柜都大敞四开，显然被人撬过了。天哪，给女儿准备的手术费！张丽萍冲进卧室，在床下的一个夹缝里抠了一会，谢天谢地，银行卡还在。

"藏得好严实啊！"突然，一个彪形大汉不知从哪里闪身出来，手里握着一柄寒光闪闪的尖刀。

张丽萍脸色煞白，浑身不由自主地哆嗦着："你……你……想干什么？"

大汉凶相毕露："干什么？抢劫！要命的话，把银行卡交给我！"

"求求你，这是给我女儿看病的钱……"

歹徒却不给她思考的时间："快，把银行卡扔过来！我只想抢钱，不想杀人！"

张丽萍只得把银行卡丢过去。歹徒捡起银行卡，塞进衣袋里，用尖刀威逼着张丽萍："把密码告诉我！别打歪主意，如果你用假密码欺骗我的话，当心你的女儿！"

张丽萍在那一瞬间就打定了主意。无论如何，她要把这个穷凶极恶的家伙捉住。她不容许任何人威胁她女儿。

她装出一副像是被吓坏了的样子："密码……我……我记不起来。"

歹徒"劝导"说："你好好想想，你是不是记在什么地方了？"

"我想想，你能不能……离我远点？我害怕。"

歹徒看看她，觉得这个弱不禁风的女人对他构不成什么威胁，向后退了两步。

"我可能……记在一个小本子上了。我能不能找找看？"

歹徒有点不耐烦了："快点！"

张丽萍站起身来，走向梳妆台，拉开一只小抽屉。歹徒紧张起来，把尖刀一挑，随时准备扑过来。张丽萍一直把抽屉拉出来，举给歹徒看。里面只有一些化妆用品，还有一个小本子。

张丽萍打开小本子，一页页寻找着翻看。可卧室里太幽暗，张丽萍只好吃力地把小本子举到眼前，几乎贴到脸上了。"我能不能插上台灯？"张丽萍问歹徒。歹徒点点头。张丽萍心中一阵狂喜。不动声色地把台灯的插头插到墙上的电源插口上。只见火光一闪，"啪"的一声，整个屋子陷入一团漆黑。保险丝烧断了！这只没来得及修理的短路了的台灯立了大功！

"怎么回事？"歹徒被这意外的变故吓了一跳，他瞪大双眼，可无济于事。屋外没有路灯，屋子里除了黑暗还是黑暗。

"要命的话，你就别乱来！"歹徒警告着，挥舞着尖刀。

电话突然响了起来，然后是三声急促而连贯的拨号声，再然后，一个甜润的女声让歹徒肝胆俱裂："你好，这里是 110 报警中心……"歹徒冲着声音响起的方向一个箭步冲过去，一手挥舞着尖刀，一手摸索着找到电话，用力扯断电话线。

刀子没有扎到张丽萍。歹徒倒退着想原路退到门边，却被梳妆凳绊了一下，扑通一声重重地跌倒在地。当他吼叫着爬起来，就再也找不到方向了。屋子里一片骇人的寂静。歹徒狂躁起来，这么耗下去，形势会越来越对他不利。他用尖刀开路，试探着朝一个方向摸过去，碰到了一块布。啊，那是窗帘。他抓住窗帘，一把扯开，却大失所望，窗外依然是漆黑一团，连一丝星光都没有。

"嗨！"那女人在身后叫他。他猛转身，瞪大双眼在黑暗中搜寻那女人，正好被扑面喷来的气雾杀虫剂喷了个满眼。歹徒双眼一阵刺痛，惨叫一声，忙拼命地用手揉。

卧室的房门吱了一声，虽然很轻微，歹徒还是听到了。他朝着响声摸过去。门是开着的。门外就是客厅，客厅的门直接通向院子，只要到了院子里，他就算逃过了这一劫。君子报仇，十年不晚！

歹徒朝客厅门摸过去，却碰到了茶几。不对啊，明明记得房门就在这个方向啊。歹徒摸出打火机嚓地一下划着火，高举起来四处望。他看到了，那女人就站在不远处对他怒目而视，手里拿暖水瓶！歹徒再想躲避，已经晚了，热水"哗"地一下泼向歹徒持刀的右手，歹徒手里的尖刀应声落地，黑暗中，张丽萍飞起一脚踢向尖刀，尖刀"当"地在墙上撞了一下，就不知落到什么地方了。

"大姐，银行卡我还给你，你高抬贵手放我走吧！"歹徒颤着声哀求道。

"那好，你先把银行卡给我放下。往前走三步，再向左走两步，前面是电视柜，就放在那上面。"无可奈何的歹徒只好顺从，果然在那里摸到电视柜。歹徒放下银行卡，就听女人又说："现在，原路退回去。"歹徒照办，不料却一脚踩进套索里。套索猛地收紧，歹徒重重地栽倒在地上。歹徒挣扎着去解套索，就听一声断喝："不准动！"张丽萍说，"我还有一壶开水呢！乖乖躺着吧，否则就把你的脑袋煮成熟鸡蛋！"

外面警笛尖厉地鸣叫着，由远而近，在附近停了下来，然后就听人声杂沓。歹徒有气无力地瘫倒在地上，心有余悸地问张丽萍："大姐，你让我死个明白，你是不是有特异功能，会夜视眼啊？"

张丽萍冷冷一笑，回答说："你错了，我不会什么夜视眼。从女儿的眼病确诊那一天，我就准备把我的眼球移植给她了。那以后，我就一直训练自己在黑暗中生活，现在看来，成绩还不错。"

直到被押上警车，歹徒才痛悔地想清楚：你可以欺凌一个女人，但千万不能招惹一位母亲啊。

母爱的纯净水

◆文/乔　叶

这是我一个朋友的故事。

一瓶普通的纯净水，两块钱。一瓶名牌的纯净水，三块钱。真的不贵。每逢体育课的时候，就有很多同学带着纯净水，以备在激烈的运动之后，可以酣畅地解渴。

她也有。她的纯净水是乐百氏的。绿色的商标牌上，帅气的黎明穿着白衣，含着清亮腼腆的笑。每到周二和周五下午，吃过午饭，母亲就把纯净水拿出来，递给她。接过这瓶水的时候，她总是有些不安。家里的经济情况不怎么好，母亲早就下岗了，在街头卖一些日用品。父亲的工资又不高。不过她更多的感觉却是高兴和满足，因为母亲毕竟在这件事情上给了她面子，这大约是她跟得上班里那些时髦同学的唯一一点时髦之处了。

一次体育课后，同桌没有带纯净水。她很自然地把自己的水递了过去。

"喂，你这水不像是纯净水啊。"同桌喝了一口，说。

"怎么会？"她的心跳得急起来，"是我妈今天刚给我买的。"

几个同学围拢过来："不会是假冒的吧？假冒的便宜。"

"瞧，生产日期都看不见了。"

"颜色也有一点儿别扭。"

一个同学拿起来尝了一口："咦，像是凉白开呀!"

大家静了一下，都笑了。是的，是像凉白开。一瞬间，她突然清晰地意识到，自己喝了这么长时间的纯净水，确实有可能是凉白开。要不然，一向节俭的母亲怎么会单单在这件事上大方起来呢? 她忽然想起，母亲常常叮嘱她要把空瓶子带回来，——她以为母亲是想把空瓶卖给回收废品的人。而每次母亲递给她的纯净水都是已经开启过盖子的，她一直以为这是母亲对她小小的娇宠。

她当即扔掉了那瓶水。

"你给我的纯净水，是不是凉白开?"一进家门，她就问母亲。

"是。"母亲说，"外面的假纯净水太多，我怕你喝坏肚子，就给你灌进了凉白开。"她看了她一眼，"有人说你什么了么?"

她不作声。母亲真虚伪，她想，明明是为了省钱，还说是为我好。

"当然，这么做也能省钱。"母亲仿佛看透了她的心思，又说，"你知道么? 家里一个月用七吨水，一吨水八毛五，正好是六块钱。要是给你买纯净水，一星期两次体育课，就得六块钱。够我们家一个月的水费了。这么省下去，一年能省六七十块钱，能买好几只鸡呢。"

母亲是对的。她知道，作为家里唯一的纯消费者，她没有能力为家里挣钱，总有义务为家里省钱。——况且，喝凉白开和喝纯净水对她的身体来说真的也没什么区别。可她还是感到有一种莫名的委屈和酸楚。

"同学里有人笑话你么?"母亲又问。

她点点头。

"你怎么想这件事?"

"我不知道。"

"那你听听我的想法。"母亲说，"我们是穷，这是真的。不过，你要明白这几个道理：一，穷不是错，富也不是对。穷富都是日子的一种过法。二，穷人不可怜。那些笑话穷人的人才真可怜。凭他怎么有钱，从根儿上查去，哪一家没有几代穷人？三，再穷，人也得看得起自己，要是看不起自己，心就穷了。心要是穷了，就真穷了。"

她点点头。那天晚上，她想了很多。天亮的时候，她真的想明白了母亲的话：穷真的没什么。它不是一种光荣，也绝不是一种屈辱，它只是一种相比较而言的生活状态，是她需要认识和改变的一种现状。如果她把它看作是一件丑陋的衣衫，那么它就真的遮住了她心灵的光芒。如果她把它看作是一块宽大的布料，那么她就可以把它做成一件温暖的新衣。——甚至，她还可以把它看成魔术师手中的那种幕布，用它变幻出绚丽多姿的未来和梦想。

就是这样。

她也方才明白，自己在物质上的在意有多么小气和低俗。而母亲的精神对她而言又是多么珍贵的一种纯净水。这种精神在历经了世态炎凉之后依然健康，依然纯粹，依然保持了充分的尊严和活力。这，大约就是生活贫穷的人最能升值的财富吧。

后来，她去上体育课，依然拿着母亲给她灌的凉白开。也还有同学故意问她："里面是凉白开么？"她就沉静地看着问话的人说："是。"

再后来，她考上了大学，毕业后找了一个不错的工作，拿着不菲的薪水。她可以随心所欲地喝各种名贵的饮料，更不用说纯净水了。可是，只要在家里，她还是喜欢喝凉白开。她对我说，她从来没有喝过比凉白开的味道更好的纯净水。

娘

◆文/陈永林

山子没了爹，娘就百般疼爱山子。

娘是个能人，啥事都会做，又治家有方，因而日子过得并不凄惶。进了山子家，看不出这是个没男人的家。

山子初中毕业，就没上学。山子没考上高中，娘要山子重读一年，山子死也不。

山子就跟着娘一起弄土坷垃。

娘不要山子干田地活，娘不想让山子种一辈子田。娘问山子："你就一辈子玩这土坷垃？"

"不玩土坷垃干啥？"山子闷闷地应了一句，仍埋头割稻。

"嚓嚓嚓……"

稻子在山子手里一把把整齐地倒下。

山子做田倒是把好手，可做田有啥出息？一年忙累到头，吃没好的吃，穿没好的穿。

"你就这样没志气？"娘好失望。

山子站起来，伸伸酸痛的腰："可我能干什么？做生意没本钱不说，还没经验，弄不好就被人骗了。到外面打工，如找不到事，那得要饭回来。做田勤快点，吃穿还是不用愁的。"

"唉——"娘又失望地叹气。

极热，太阳火球样悬在头顶上。"男人应该有胆量闯。村里许多人没联系好打工的地方，还不都出去了？你是个男人，不应该女人一样畏畏缩缩，前怕狼后怕虎。"

山子不出声，仍割着稻。

想到山子甘于过她过的这种日出而作、日落而息单调乏味的生活，娘心里就酸。唉，只怪自己以前对他太溺爱了，啥事都护着他。

山子仍撅着屁股割稻。

山子的衣服被汗水湿透了，娘心疼，娘便狠心骂山子。

山子憨厚，娘骂他，也不还嘴，任娘骂。娘心里更气，觉得山子这窝囊样，啥事也干不成。

后来，娘的话越骂越难听。山子流着泪说："娘，你咋这样嫌我？"

娘见了山子的泪，自己眼里也涩，可还是狠狠心，又骂山子。

山子说："我就像不是你生的。"

"你就不是我生的，我后悔不该捡你这个没出息的窝囊废。"

"我不是你生的?!"山子怔了，拿眼问着娘。

娘点点头。

泪唰唰地淌下来了。山子说："难怪你对我这么恶，原来我不是你生的。"山子跑回村躲进屋，砰的一声关上门。

娘的泪便掉下来了。

第二天天蒙蒙亮，山子就提着包，背着被子一步一回头地离开家。

娘立在古樟树后，目送着山子远去。

娘好想喊山子，可张了张嘴，没喊出声，泪水却糊满娘的脸。山子走得不见影，娘才喊："山子，我的儿，我的儿。"其声凄哀悲恸，感染得树上的鸟也凄凄呜咽起来。

山子一走三年，一点音讯也没有。

娘哀立在古樟树下望那唯一的连接县城的沙子路。

娘望着望着，眼里就发涩，就晃悠着湿湿的泪。

后来成了大款的山子回来时，娘的坟上已长满半人多高的青草。

村里的人都讲山子恶。

一位老妇人说："你出生时，差点要了你娘的命，可你……唉，你娘好命苦。"

"啥？你说啥？"

山子跪坐在娘的坟前。

"娘——"山子不停地磕头，额上的血把娘坟前的青石板都染红了。

钱是什么味道

◆文/一　冰

开学第一天，我这个班主任正在班里忙着给学生们发新书，忽然，财务室的小杨在教室外面叫我。我一出门，她就拉住我边走边说："你们班的赵小雨的妈妈太不像话了，交学费交假币，孙科长让我叫你过去！"

我一听这话，也有些着急，赵小雨的妈妈真是糊涂，怎么交假币呢？影响多不好哇！赵小雨的家庭条件的确很艰难，爸爸去年下岗了，在街上蹬人力三轮车；妈妈在街头摆了个鞋摊，对付着过日子。一定是她在外面收了假币，或者还不知道呢。嗯，我是学生的班主任，我得尽量维护她的尊严。

我到了财务室，见赵小雨的妈妈正在跟孙科长争执着，我过去一问，原来刚才赵小雨的妈妈来交学费，小杨把钱收了，放到了抽屉里，收据也开好了，这时孙科长要出去存钱，小杨把抽屉里的钱又都拿出来核对了一遍，接着孙科长又点了一遍，刚看几张就发现了一张一百元的假币。因为赵小雨的妈妈是最后一个来交学费的，她交的那沓钱就放在最上面，所以孙科长他们就认定这钱是赵小雨的妈妈的。

我一听是这么回事，对小杨就有点不满意了：钱都收了，又塞进了抽屉，怎么就能判定是赵小雨妈妈给的假币呢？你怎么事先不好好看看？就是在银行里谁离开柜台还不认账呢！但碍于同事关系，我不好说什么，只对赵小雨的妈妈说："大姐，别着急，您再想想，这钱是不是您的？"

　　赵小雨的妈妈用满是老茧、还贴着胶布的手揉了揉通红的眼睛，说："鲁老师，你们也知道，我们来钱不容易，哪一张钱都是看了又看的，生怕收了假币。天地良心，我真的敢保证——不，我发誓，这钱不是我的！"

　　孙科长冷笑着说："发什么誓呀，我们不相信这个，你要是不承认，就让赵小雨来！"

　　"不能让赵小雨来！"对孙科长的态度，我也有些生气了，说，"这是他妈妈的事，跟他没有关系！再说，还不一定是他妈妈的错呢！"

　　赵小雨的妈妈感激地看了我一眼，说："不要让小雨来！不要让小雨来！算了，这钱我赔了。"说着，她掀开外衣，在身上摸索了一会，掏出一个小布包，刚要掏钱，外面忽然传来一个声音："妈妈，您别急着赔！"接着，赵小雨从外面冲了进来。刚才赵小雨的妈妈跟孙科长发生争执，被班里的一个同学看见了，就告诉了赵小雨，他忙赶来了。

　　赵小雨拿起桌上的那张假币，在鼻子上嗅了一下，斩钉截铁地说："这钱不是我妈妈的！"

　　孙科长说："凭你说不是就不是了？你是她儿子，自然帮着她说话了！"

　　"不是就不是！"赵小雨瞪着孙科长说，"我妈妈的钱是啥味道我能嗅出来！"

　　"这可神了！"孙科长哈哈大笑起来，他用手指着屋里的人，还有外面围观的学生们说，"哈哈，他说他能嗅得出哪张钱是他妈妈的，哪张又是别人的，你们谁相信？哈哈，真是笑死人啦！"

这时，赵小雨转向我，镇静自若地说："鲁老师，我想请您帮我做一个试验，行不行？"我点点头，赵小雨又对孙科长和小杨说，"你们也可以参与这个试验——我妈妈这个布包还没有打开，我不知道里面有多少钱，更不知道里面有几张什么面值的纸币，但是，你们可以先把小布包里这些钱的号码记住，然后再把这些钱混在其他的钱里，我就能嗅出哪些是我妈妈的钱！"

这话一说出，我也吃了一惊，这怎么可能呢？赵小雨妈妈的钱数额不大，但张数却很多，大部分是一块两块、几毛面值的纸币，但为了给赵小雨的妈妈讨回公道，我同意了赵小雨的要求。我和小杨、孙科长把那些纸币的号码都记了下来，然后把这些钱都混到了财务室的其他纸币里。我们做这一切的时候，赵小雨并没看我们，他还让孙科长用一块黑布把他的眼睛蒙起来，镇定自若地面对着窗外。

最后，我们把钱放到赵小雨面前，这时，赵小雨竟然又说："我不用手摸，以免你们怀疑我作弊，这样吧，孙科长，你把钱一张张地放到我的鼻子前面，我说是的就交给鲁老师，我说不是的就交给杨阿姨。"

孙科长根本不相信赵小雨真能嗅得出钱的味道来，他就亲自上去一张张地把钱放到赵小雨的鼻子前面。赵小雨一张张地嗅着，他嗅得很快，不一会，那厚厚一沓钱就分成了两堆，然后我们对照着刚才的记录一一查看，不由都惊呆了：赵小雨果真用鼻子分辨出哪些是他妈妈的钱，分毫不差！

在门口和窗外围观的同学一起鼓掌，掌声如雷。

孙科长有些傻了，好半天才反应过来，他问赵小雨："小雨，你是怎么嗅出来的？你妈妈的钱是什么味呢？"

赵小雨把钱叠好，郑重其事地交到妈妈的手里，然后他对孙科长说："我妈常年在外面风吹雨淋，她患有严重的风湿病。为了省钱，她总是买那种最便宜的风湿膏，她的身上几乎贴满了风湿膏，所以妈妈的身上总有一种风湿膏的味道。她挣钱不容易，把钱看得很重，都藏在身上，所以……所以钱上就有一种风湿膏的味道……"

赵小雨说完，已经是泪流满面，他妈妈抚摸着他的头，颤抖着声音说道："好孩子，妈妈没能让你过上好日子，妈妈对不起你……"

"不！"赵小雨说，"妈妈，我有您这样的妈妈已经很满足了！"

孙科长也流泪了，他搀着赵小雨妈妈的手说："大姐，我，我对不起您……"

赵小雨"嗅钱"的奇事传开后，第二天，财务室的门缝里就塞进了一封信，那是那张假币主人的忏悔信，里面还夹着一张百元新钞……

母爱有灵

◆文/麦　家

每个人都有自己的秘密，有些东西又可能是每个人的秘密。一个人独自饮泣总有那么一点私底下的感觉，尤其是对一个男人而言，这很可能成为他的一个羞于公布的秘密。所以，从某种意义上说，这篇文章不是我乐意写的。我几次写写丢丢，便秘似的痛苦写作过程，也足够证明了我的不乐意是真实的。但我又不忍放弃。我说的是不忍，是一种欲言又止又欲罢不能的无奈与挣扎。我为什么要被这件渺小的事情折磨？是因为我在其中见了一些奇特动人的景象，一些母亲的东西：她的爱、她的苦、她的过去和现在。换句话说，现在的我再也不相信"男儿有泪不轻弹"这类老掉牙的东西。这些东西只会让我们变得更加虚弱，更加冷漠，更加傻乎乎：不是可爱的傻乎乎，而是可怜的傻乎乎，真正的傻乎乎。

　　孩时的眼泪是不值得说的，因为它总是伴随着声嘶力竭的哭声，哭声里藏足了反抗和祈求，眼泪是不屈斗志的流露，也是缴械投降的诏书。当眼泪藏有心计时，它就失去了本色，变得更像一把刀、一种武器。但我似乎要除外。我是个在哭方面有些怪异和异常的人。母亲说，我生来就不爱哭，一哭喉咙就哑，叫人心疼。谁心疼？在那个爱心被贫困和愚昧蒙蔽的年代，唯有母亲。我觉得，那个年代只有母亲才会为一个少年的啼哭心动——那是一个人人都在啼哭的年代，你哭说明你和大家一样，有什么可心疼的？很正常嘛。哭哑了喉咙不叫怪异，也许该叫脆弱（所以才让母亲心疼）。我的怪异是，母亲说我哭大了就会犯病，手脚抽搐，口吐白沫，跟犯癫痫病似的，叫人害怕。说实话，因为与生俱来有这个毛病——一哭大了身体会抽搐，吐白沫，所以只要我一开哭，母亲总是来跟我说好话，劝我，骗我，让我及时止哭。这简直就让我的哥哥姐姐妒忌极了，他们哭母亲是从来不会理睬的。父亲脾气暴躁，经常把我的哥哥、姐姐打得哭声动天。母亲看见了，视而不见，有时还落井下石，在一旁煽风点火，鼓励父亲打。只有我，母亲是不准父亲打的，打了也会及时替我解围，像老母鸡护小鸡似的把我护在怀里，替我接打。有一次，母亲不在家，父亲把我打狠了，我哭得死去活来，旧病复发，抽搐，并引发休克，人中被掐青才缓过神来。母亲回家知道后，拿起菜刀，把一张小桌子砍了个破，警告父亲，如果再打我她就把我杀了（免得我再受罪的意思），那个凶恶的样子，让父亲都害怕了。

　　因为知道自己有这个毛病，不能哭，哭了要丢人现眼的，我从懂事起，一直在抑制自己哭，有泪总往肚里吞，吞不下去，捏住鼻子也要灌下去，很决绝的。灌上个一年半载，哪还要灌，都囫囵吞下去了，跟吞气一样。印象中，我从17岁离开母亲后，十几二十年中好像从来没有流过泪。有一次，看电影，是台湾的，（电影名字忘了，反正电影里有首歌，唱的是：有妈的孩子像个宝，没妈的孩子像根草……）电影院里一片哭声，左右四顾，至少是泪流满面的，只有我，脸上干干的，心里空空的，让我很惭愧。后来我又看到一篇短文，标题叫"男人也有水草一般的温柔"，是歌颂一个男人的梁上君子泪的，很是触动我。这两件事鼓动了我，我暗自决定以后有泪不吞了，要流出来，哭也行，哪怕哭大了，让人看到我的秘密也不怕。有点孤注一掷的意味。于是，我又专门去看了那部台湾电影，我想看自己流一次泪。不行，怎么鼓励都没用，心里使不上劲，没感觉。以后经常出现这种感觉，我心里很难过，希望自己哭，让泪水流走我的苦痛。但屡试屡败，就是没感觉，找不到北！真的，我发现我已经不会流泪了，不会哭了，就像失眠的人睡不着觉一样。本来你应该天生行的！但就是不行了，也许，所有器官都一样，经常不用，功能要退化的。

可它又活转过来了。

说来似乎很突然，那是1992年春节，年近三十的我第一次带女友回家探亲，第二天要走了，晚上母亲烧了一桌子菜，兄弟姐妹聚齐了，吃得热热闹闹的，唯独母亲一言不发。老是默默地往我碗里夹菜。我说，妈，我又不是客人，你给我夹什么菜。母亲什么都不说，放下筷子，只是默默地看着我，那种眼神像是不认识我似的。我随意地说，妈，你老这样看着我干吗？妈说，我是看一眼少一眼了，等你下次回来时，妈说不定就不在了。说着，又给我夹了一筷子菜。这时我多少已经感觉到一些不对头，姐又多了一句嘴，说什么妈恨不得我把一桌子菜都打包带走，好叫我吃着她烧的菜想着她，等等。姐的话没完，奇迹发生了：我哭了，眼泪夺眶而出，嘴唇一松动，居然呜呜有声，浑身还在不停地抽搐，把妈吓坏了，以为我老毛病又犯了，一下像小时候一样把我揽在怀里，安慰我别哭。可我却不像小时候一样管用，泪如泉涌，止不住，声音渐哭渐大，最后几乎变成号啕了，身子也软透了，没有一点气力。一桌子人，谁都没想到我会这样哭，我哭得很没有分寸，一点章法都没有，很失一个成年人的水准。我想，那大概是因为我还没有学会哭吧。但起码，我已经学会了流泪，以至在以后很长一段时间里，只要一想到母亲的面容，眼泪就会无声地涌出。就是说，我的泪腺又活了，是母亲激活的！

　　我承认，也许很多男人都要承认，我们在很长的一个年龄段里，心里是没有母亲的身影的，我们心里装着可笑的"世界"，装得满满的，傻乎乎的，把什么都装进去了，爱的、恨的，荣的，耻的，贵的，贱的，身边的、远方的，看得见的、看不见的，很多很多，太多太多，连亲爱的母亲也要可怜地被挤掉。等我们明白这一切都很可笑，明白自己原来很傻，错了，准备纠正错误，把母亲重新放回到心里时，发现母亲已经老了，走了。走了，那你就后悔到死吧。我很庆幸把母亲再次放回到心里。因为在我心里，所以虽然我们相隔数十里，但我还是经常看得见她。看书时能看见，听音乐时能看见，看电视时也能看见，有时以至看广告都能看见。比如刘欢唱什么"心若在梦就在"的歌，那是个广告片吧，我看到那个少年在风雨中冲到刘欢身边，我就看见了母亲。说真的，每回看见心里都酸酸的，要流泪。不久前，老婆出了几天差，一个人带孩子，晚上孩子突然发起烧来，喂过药后烧倒是立马退了，转眼儿子又睡得很香了。但心有余悸的我怎么也不敢入睡，便久久地望着儿子睡，望着望着眼泪又出来了：因为我又看见母亲了。

　　世界太大，母亲，我不能天天回去看您，陪您，一个月一次也不行，只能一年回去看您两次，陪您十几天，为此我时常感到很内疚，很难过。好在您已经激活了我的泪腺，我在难过时可以通过泪水来排泄。啊，母亲，您总是预先把儿子需要的给了他……

老家的电话

◆文/何兆展

很难想象，怎么会有这么怪、这么瘆人的梦。可能是从正月十五离开家到现在大半年了，想家了，想娘了。娘自己在家，我又不放心了。梦里，我也在家里，还有去世的爷爷的影子。

母亲自己在家，现在秋收了。昨天，打电话打到家里，其实是邻居家里。因为家里没有电话，单独为母亲安电话，她会极力反对的，再说，让母亲想办法去镇里交电话费，也不放心和忍心让她老人家骑小三轮车跑二十来里的路。去年的夏天，母亲到镇里照身份证的照片，没想到三天之后，听我的哥们儿说，母亲回来的路上，一个大下坡，没拿好闸，脸摔伤了。没告诉我，怕我分心。一听到这个消息，我就立刻骑车赶回家。

刚打开门，"你怎么回来了？"话从门缝里传出来，看到母亲一边红而肿得变形的脸，眼泪就往下落。

"听二哥说你摔着了，我就回来了……"

"那你上班……"

"不碍事，不忙。"我心里暗骂自己，怎么会这个时候才知道。

"没事，好多了，你看，这眼也能看见东西了。"看到我着急，母亲急忙安慰我。其实，怎么会没事呢，三天了，看到的还是变了色的厚厚的眼皮，几乎看不到眼珠了。

"医生说了，不碍事，消消炎就好了。"接着母亲就告诉了我事情的经过。

从镇里往回走，半路上有一个大坡，又长又陡，上坡一般要下来步行，下坡自行车闸好，可以骑着，否则也要步行。那天娘到照相馆照好身份证相片，又到了我的宿舍吃了点东西，休息一下，就要回去。路上走得急，因为地里还有活要干，到了那个大下坡，本来应该下来的，谁知道就鬼使神差地骑着下来了。越来越快，越来越快，到最后，也不知道怎么的，车子到了一边，人到了另一边。一个放羊的在一边，帮着整好了车，娘推着车，走了不长时间，到了村里的卫生所，不幸中的万幸是，这个大坡就靠着一个村庄。

最让我感慨，我想责怪娘、又说不出口的是娘的求医过程。好不容易来到医生那儿，娘说摔倒了，包一下，身上没带钱，只有五毛了。其实我知道，照相的时候娘要自己付钱，十块，我给付的，所以娘最起码还有十块钱。但是，心疼钱，怕不是一个村的医生乱要钱，就想了这个办法。所以医生给简单洗了一下，简单包了一下。娘又上路了，带着伤，忍着疼，要步行十多里路。娘说，开始的时候还不疼，可能麻了，后来就越来越疼了。

看我难过，娘却说："没事，没碰到眼，以后还能干活。"

吃过大苦大难，娘的脸慢慢好了，只是留下了不太明显的伤疤。娘的身份证也办出来了，代价是除了受伤，还花去了 70 块钱。70 块钱，娘如果打零工，可能是近十天的工钱。

几天前，看了一位身患骨癌的母亲为九岁小儿子织好 25 岁之前的毛裤。我的眼泪在眼眶打转。母亲，我的母亲。

讲座刚刚开始 20 分钟，电话不识趣地响了。还好，是震动状态。

懒洋洋地取出来，因为根本不能在教室接听，取急了也没用。

手机上赫然显示着久违的电话号码，熟悉，但是陌生，老家的电话。心上一震，如果没有事，母亲绝对不会打来电话的，这个我知道。我的手机号从刚来北京就告诉了母亲。让她每一两个星期，找个邻居的座机打来，我给回过去，她也不用欠邻居电话费。从 9 月等到放寒假，没接到一个。过年回家了，娘说，也没什么事，不好意思麻烦邻居，再说我回电话也花钱，在北京花钱也多，少打电话，真的没事，就是有时候有点想。

今年开学了，从八月十五之前打到八月十五，再到过了十五，从这个邻居家打到那个邻居家，从让叔叔找，到让妹妹找，都没找到。说是母亲忙，挣钱呢，八月十五晚上还去茧站干活了。

今天晚上，怎么？

娘跟邻居吵架了？没人倾诉？家里的墙又倒了，需要整修？

还是？我不敢想。娘骑着三轮车出门干活，出过事，一次还住了七八天的院。

讲座正在进行，我又坐在中间，出去接电话也不方便，先按了拒接。半个多小时后，又打过来了，离预定的讲座结束时间还差半个多小时，又拒接。本来听得很认真的，有点听不下去了。

终于，讲座结束了。回拨那个号码，那头传来了母亲熟悉的声音，虽然好几个月没听过了。悬着的心放下了。

"怎么这么晚才回过来？"

"上课了，你还一直等啊。"

"好几个月没听到你的声了，想你了。看人家都回来，你也没回，有点想你了。"

其实我也想啊，虽然没有找到，但是我的电话打了不少。

"他们都告诉我了，我都干活去了，八月十五还到茧站干到了晚上12点。"

"这下好了，听到你的声，就跟见面了一样。"

我已经够坚强了，眼泪没有流出来。

娘，咱们虽然远隔千里，为了彼此，咱们娘儿俩，都好好活，照顾好自己。

我的这些文字，您肯定看不到，等哪天我坐在您身边，读给您听。

"我要飞得更高，飞得更高。"母亲手机的彩铃响了，电话通了。

电话那头，响起了熟悉的声音："你怎么现在打电话啊？"我怕直接说今天母亲节，有点突兀，因为生活在农村的母亲未必知道有这么个东西，我问："你问问妹妹今天是什么日子？""不是星期天啊？"母亲的反应倒很快，可惜不是我要的答案。

身边的妹妹插话了："母亲节啊，人家城市里都过。"

妹妹的信息还是比较快的，这个妹妹是邻居家的妹妹，寒假的时候，固定电话装不了，给妈妈买了个手机。我以为已经教会了她打电话，接电话了，没想到我开学一走，娘就自己在家了，根本就弄不了了，只好放在邻居家里，由邻居替她充电，拨电话。以往，感觉到很不方便，今天倒觉得很好，至少有人能替我向母亲先进行一下"母亲节"的"科普"。

"哦，听人家说过，电视上有。"我看不到电话那头母亲的表情，猜不出是有这个懂事的儿子高兴还是觉得无所谓。

"是啊，人家城里兴着今天给母亲过节，你看我这不也打个电话，给您……"我故意轻描淡写地说着，但我这都做不到，因为我发现我的声音开始颤抖，我有点哽咽了，再说下去，我会哭。我开始怀疑语言的用处，跟母亲说出"母亲节快乐"，怎么就感觉那么难，说出来怎么就感觉那么硬，那么假呢？

"我在家很好，不用牵挂。这不你姥娘说是要点棉花套子，我想今天就给送过去，现在过来跟你婶子说声就走，正碰上你的电话。"临了，母亲还不忘照例叮嘱："我在家很好，没事不用经常打电话。"

电话让邻居叔叔接过去了："侄子，今天我给你六奶奶割了二斤肉送去了，母亲节，从电视里看的。你今天送你娘什么？"

"现在只能打个电话啊。你跟我娘说，让她替我给自己买斤肉，犒劳一下自己吧。"

电话那头传来了母亲的笑声,叔叔已经把我的话传达了,但我怀疑母亲会不会这么做。母亲不知道母亲节,但是母亲却也是正好今天去她的母亲那儿给送东西。

还记得去年的母亲节。晚上,电话打到邻居那儿,母亲来接电话,说是去看姥娘去了,刚刚回来还没休息呢,就来接电话了。我记得当时想说"母亲节快乐"的,但是最终没说,因为我觉得,好像不用说,我也说不出口。

小短文快写完了,才想起来,其实今天,我也还是没说出"母亲节快乐"。

可能是这样?在城市里,需要设立这个节日,提醒大家爱自己的母亲,在农村,尤其是在我娘那儿,根本不用,因为对她来说,对我来说,天天都是母亲节。

春花灿烂

◆文/吕丽青

母亲出生时,正值阳春三月,春花灿烂,姥姥疲惫地看着瘦小的婴孩长叹一声:为什么不是个小子呢,送了人吧。其实早在母亲出生之前,姥姥就已跟人约定要是还生女孩儿就和别人家换个男孩,在那个年代,母亲未能实现姥姥急切抱儿子的心愿。但姥爷坚决不同意:三闺女是一座山,我们将来的靠山(在家乡三和山同音)。姥爷疼爱这个小女儿,不许任何人动她一根毫毛,更不容人生硬地将孩子抱走。实际上,姥姥也有些舍不得了。几经风波,妈妈总算可以安心地生活在父母身边。

妈妈的童年，有着清苦生活中简单的快乐，亦有上不成学的委屈，直到现在她常遗憾不已：要是当年你姥姥让我念上一年半载的书总不至于大字不识一个，像个睁眼瞎子。

母亲22岁出嫁。父亲与母亲的结合并不具有浪漫色彩，父亲比母亲大六岁，平凡而辛苦的日子也随即展开。

事情也许常常存在着某种巧合，我的出生并没给妈妈带来多少欣喜，我是个女孩儿，是她的第三个女儿，想要儿子的妈妈终究还是没有把我送人，三闺女是一座山！庆幸的是在我之后，弟弟欣然降临，一个贫困的农人家庭才有了更多的欢言笑语。然而由于多年的积劳和落后的生活条件，妈妈落了一身的病。

童年的我淘气十足，但与弟弟相比，是小巫见大巫。我们俩打架简直就是家常便饭。每次弟弟占足了便宜便去找妈妈。她不问青红皂白，拿起木棍就冲我来。我既不求饶不掉泪不认错也不逃跑，人倔强得像头牛，直到她打得不忍心下手，我才开始委屈地大哭，一个上午或一个下午地不停息。起先妈妈放下木棍愤愤地说："早知这样，还不如当初送了人，真活活要气死人。"说着就背过脸去抹眼泪，却不会来哄我的。我就越哭越凶，泪水似滔滔江水，直到累得睡去。醒来时却发现妈妈在一边静静地看着我。"以后不能哭着睡着，会变成结巴的。要听话，妈给你煮了鸡蛋吃。"我赌气不作声。吃着热腾腾的鸡蛋，摸着身上红一条青一条凹凸不平的小道道，泪止不住地流。弟弟在一旁满脸羡慕的表情瞅着我手中的鸡蛋。我会猛地将鸡蛋扔在炕上，冲妈妈大吼道："你不打他就打我，你偏心，不亲我，气死我了。"接着不由分说大哭起来。

妈妈至今对我的淘气仍记忆犹新："我哪偏心了。你们都是我身上掉下的肉，一个也舍不得打。你姐见打就跑，你弟弟没等打就哭着求饶。只你太犟脾气了。也不哭，眼睁睁瞪着人，我也就狠心压压你的脾气。"听妈妈讲起这些，我会顽皮地说："你打我了吗？我咋不记得呢？"妈只笑笑说："像是着了魔似的，一念上书就变了，听话、勤快。哪像你姐从小没挨一下打，现在反倒常和我顶嘴……"

想来那是个春花灿烂的日子吧。我被送进了学校，不过到秋天才正式上学前班：一程求学路，一路耐艰辛，父母省吃俭用供我们姐弟几个。2003年夏天，我以优异的成绩初中毕业。但我清楚地知道，家已经不堪重负。弟弟也快毕业了，父母要有所选择，初中毕业对我而言可能就是停止学业。我隐约地听到人们对妈妈的好心劝告："念完初中已经不容易了，女孩子念多了也没用，将来也指望不上。""女孩子越往高念越笨，考不上大学还是白念。再说你的小子也要升学了，供一个就够受了。"然而妈妈的回应，说不上在我的意料之中还是在意料之外，却让我的心久久地酸楚不已："只要她不说不读我就是砸锅卖铁也要供，我那时要是识点字，不至于一辈子面朝黄土背朝天累死累活的。"妈妈说得那般坚决。我终究没提不读了。我知道这对父母是残忍的，但自小的经历让我无法放弃也不愿放弃。

那年夏天我被南方的一所慈善学校录取了。妈妈显出欣喜的表情。可是流言纷起。"那么远你们大人也放心地将孩子送去，又是女孩儿。""万一出点事，天不应地不灵，上哪里找人去。"众说纷纭。妈妈似乎被说动了，但经过激烈的思想斗争和多方打听，她还是让我去了。

临走前一晚，她在屋檐下几块陈砖烂石搭设的小灶上，为我做了一顿丰盛的晚餐。她叮嘱了我许久，接着又开始准备我的行李。煤油灯亮起来了，我可以感觉到黑暗在悄悄隐散，母亲的身影却被拉得好长好长。

第二天，父母亲自送我到自治区教育厅，千叮咛万嘱咐地把我拜托给了送我到校的领导。那样子仿佛若是我有事，他们必找教育厅要人。我一副听天由命的样子。其实只要妈妈说句不放心不让我走的话，我也许就留在了家里。但她始终不听人劝，倔强得很。就在那晚，**我登上了南下的列车，第一次离家远赴几千里外**。透过车窗，望着外面星星点点的灯火，画出一条条上下颠簸的曲线，映在窗上，像一幅幅心电图。我在心底轻声呼喊，别了我可爱的家乡，我的亲人。父母在窗外一直挥动的手臂也渐渐模糊了。

后来暑假回家，听亲戚们说起，在我走后的几个月里，妈妈每天几乎以泪洗面。她不知是后悔还是矛盾，觉得留我在家，拮据的环境迟早会误了我，但去了又是百般不放心，尤其周围众说纷纭。而且我刚去那段时间，由于军训和紧张的学习我只往家里写了一封报平安的信（家里没电话）。然而不到半年的时间，我发现妈妈明显地变黑变瘦了，气管炎、腰椎病也一直折磨着她。可我知道她的心一定更累。她一直掐指数着我放假。我能平安地回家过年，让那些谣言不攻自破，也终于可让妈妈的心轻松地歇歇了。

三年间，为了学习，我有两年没有回家。我想妈妈应该是放心了。我能考上大学也许是对她最好的补偿。高考结束回到家，我一脸惭愧地说："妈，我忘了你的生日。那几天没顾得上翻日历。"（这也是理由！）妈妈宽恕地笑笑："你那里一年四季都像春天，每天都是妈的生日。"

是啊，春花灿烂时，妈妈的生日如约而至。但每每劳累的她要么说自己忘了，要么只草草地过一下。而我从上初中就没能守在妈的身边陪她过上一个生日。而今已年近50的妈妈，仍为一家人没日没夜地忙碌着。

春绿隐现，鹅黄点滴，再过一段时间就会呈现一片春花灿烂的景象，也就会迎来妈妈的生日。可远在他乡的我，那份心情却无法弥补。想着在北方滚滚的沙尘中，妈妈挂满泥土的裤腿，弯得弓似的背。我的心中，注满了愧疚。

抬眼望去，头顶正有一方纯洁而美好的天，温暖的阳光倾泻下来，似汩汩的细流在心中静静地流淌。此时此刻，对春景的向往，似投入了母亲的怀抱。

妈　妈

◆**文/杨桢贞**

这个题目，不用做任何修饰，已经是世界上最为美丽的词语了。

我的妈妈其实很普通，她只是一个整日为着丈夫、女儿而工作操劳的女人。

前几天偶然听到一首很老的歌，"大海啊大海，就像妈妈一样，走遍天涯海角，总在我的身旁"，于是产生了一股莫名的冲动，想要立刻提笔写些什么。

第一次不是为了完成作业或试题而写妈妈，然而思绪还是首先定格在了那个以学习为全部生活内容的高中时代。就在我为了考出广西、出去闯闯而奋力拼搏的时候，妈妈开始流露出一丝忧虑，她说单位同事告诉她，孩子上大学后，自己在家常常会感到心里空荡荡的。那一刻，我都不敢看她的眼神。然而当我真正离开家乡、上京求学，她却没再提过类似的话。

记得填报高考志愿的时候，我考虑过吉林大学，刚开口跟妈妈商量，她竟就发火了："你要是去那儿，就再也别回来！"莫名其妙地被凶了一顿，我气呼呼地转身就走了，心想我偏要去，再不用回来了，多好啊！过了不到半天，妈妈轻轻过来，温和地对我说，别到那么远的地方去好吗，妈妈舍不得……

其实，北京也好远好远，只是，这里是文化中心，是理想的求学之地。所以，妈妈支持我报考北京的高校，并希望我以后留京发展。我也是，当终于如愿以偿地踏上了赴京报到之路，我满心兴奋地对自己说，总算离开广西啦，以后再不要回来！

然而年少气盛的阶段并不长久。刚进大学不到半年，有一次在书上读到一句古话，"树欲静而风不止，子欲养而亲不待"，泪水瞬间涌出。

第一次在电话里提到想回广西工作时，妈妈愣了一会儿，随即说"我退休以后可以常去北京嘛，再说等你在北京混出头了，可以把我接过去呀！"然而我好害怕这个"等"字，它与"子欲养而亲不待"的"待"是同义的。现在已经不能像小时候那样，动不动就拍着胸脯许诺，将来要给妈妈买一座"别墅"了。妈妈笑着说我毕竟是长大了。长大，越长大越觉得自己无用啊。

小时候我是多么盼望长大啊，现在却勇气不足了。这一点妈妈竟与我如此地相似。她常说："以前看着你老在那条成人票标记线以下蹦蹦跳跳，我总是念着，这个小不点什么时候才能长大啊。瞧这一眨眼你就比我高了，我也就老了，唉，怎么这么快！"我忙说："哪有哪有，妈妈一直都这么年轻漂亮，我的志向就是您这种保养水平呢！"于是她每次都乐："小马屁蛋！"是啊，妈妈的笑始终那么美。可是岁月的流逝，到底是谁都无法否认的事实。放假回家的时候，妈妈让我给她拔白头发，我一拨开她的长发，鼻子就酸了，赶紧咬住嘴唇。她并没有察觉，悠悠地说着："你不在家，半年没拔了，添了不少吧？"真的仅仅是由于很久没拔才会这么多的吗，以前每费一番力气发现一根，就会有几分得意，因为难得能为妈妈做点事儿，可是现在，我完全不想表现自己的眼力……

如果，我还像以前那样天天跟妈妈在一起，也许，就不会再这样突然发觉她在变老。上大学之前，我跟妈妈没有分开过。爸爸一直忙着工作或学习，常常不在家，只有我们母女俩相互陪伴。我进小学那年，爸爸考上了大学，脱产学习两年，家庭生活的重担就完全压在妈妈肩上。我还小，记忆中没有"拮据"这一概念，而满是炖鸡腿、鸡翅、猪脑等等非常好吃但妈妈从来都"不爱吃"的东西，以及爸爸回来后的第一句话——他看着我们母女俩，感慨地说，我的脸蛋像苹果，而妈妈的，像桔子。

记忆中有许多这样陈年的酒，现在打开，是那么的醇香怡人。大三开学时，思修课上放了影片《妈妈再爱我一次》，剧情很单一，也没有什么新意，却是我有生以来遭遇的最为强劲的催泪弹。且不说小强与妈妈几番离别、寻觅、重逢的动人场景，高潮以外的许多细节都激起了我强烈的共鸣——小强病重时妈妈一步一叩首地上山祈求神灵保佑，我便想起以前每次感冒，妈妈都会让我跟她睡一起，后来才知道她是认为传染给她了我就会好起来，要是发烧了妈妈也会祈求老天把我的难受都转移到她身上，那样她反而舒服一些。小强与妈妈在林子里尽情嬉戏，互相胳肢，我便想起以前赖床的时候妈妈只要一在我的肋骨上"弹钢琴"，我就不得不立即跳起来，可她要是笑眯眯地唱起我最喜欢的那首《小懒猫》，我肯定越听越不肯起来："太阳爬上山啦，小鸟歌唱，小猫咪睡懒觉，睡得正香，她在做好梦，呼噜呼噜呼噜……红烧鱼，白切鸡，还有肉汤……忽听到耳朵旁有人喊——起床！起床！起床！起床去上学堂。"小强在母亲节给妈妈演唱《世上只有妈妈好》，我便想起妈妈至今还经常夸张地模仿我幼年时为她唱这首歌时的音调、神态和动作，可我只记得我就是有事相求的时候才会使这一招……

每次寒暑假，不管买票多困难、火车多拥挤，我都要颠上一天一夜多，奔回家去，并且小心翼翼地过好在家里的每一分每一秒。每天，我都在妈妈下班回来之前搞好卫生，然后算准了时间，让她下了单车进了小区、习惯性地一抬头，就能够看到我在窗台上冲她挥着拖把扭着屁股；吃过晚饭我就跟她牵着手散步去，她说也只有我在家的时候才能有这份心情，我说那开学了您就想想我也一个人在校园里溜达着呢，还是有人做伴呀，可她笑着摇摇头。晚上一边看电视，一边给她揉揉肩、捏捏腿，但她老是不一会儿就催我休息，有一次真跟我急了："累坏了以后为此不愿回家了怎么办！歇着去！"当然多数时候她还是很温柔的，动不动就说要做这样那样好吃的，比如煎蛋饺给我解解馋，那我会立刻"噔噔噔"跑进屋里抱一摞凳子出来放到灶台前让她坐下，然后把下巴搁在她肩上，两眼紧盯着锅里，结果就是，她忙了半天才盛起一小碟，我却舔舔油乎乎的嘴巴，摸摸胀鼓鼓的肚皮，心满意足地踱出去了……

不过其实我并不想要她总下厨操劳，尤其是在烈日炎炎的夏季。我不在家的时候，她和爸爸中午都在单位吃，可我一回来，她就非要每天中午回家做饭，不管我是不是乐意。前年暑假，爸爸得到了随团去东北疗养一周的机会，并且可以带一位家属，可妈妈说什么都不肯去，就因为不忍心把我一人留在家里。我唠叨了整整三天，硬是连劝带哄地说服她去了。他们在旅途中打电话回来问我独自在家感觉如何时，我加重了语气答道："好爽耶！"这样做或许过分了一些，我只想说明，我不会成为他们放松、娱乐的障碍。

是啊，如果没有我，妈妈完全可以享受另一种生活。我曾经无数次地想，我将来不当母亲，因为害怕像妈妈这样，为了孩子而失去自我。一定要体验的话，我就等到下辈子，跟妈妈换一下，我做妈妈，她做女儿，我要把所有的爱都灌注到她身上。就现在来说，我的存在已是既成的事实，我首先应该考虑的是怎么带给她多一些欢乐。

我算不上一个胸怀大志的人，一家人平静而快乐，比什么都幸福。

如今，妈妈已经愉快地批准了我回广西工作的请示，还热烈欢迎我每天下班后回家蹭饭哪……

"大海啊大海，就像妈妈一样"，其实不然，因为大海一直离我很远，总在我的身旁的，是妈妈。

一件小事

◆文/李德忠

那时，母亲在一家食品厂打工。到了农产品大量上市的季节，便是工人们最忙碌的时候。大家得挑着百十来斤的担子，从船上挑进厂里。我记得每天母亲一下班便动弹不得：真是辛苦得不得了。钱来得不易，从我懂事起就知道，除了上学交学费和必需的学习用品外，其他是不可随便开口的。

然而，偏偏有一件事情，让我打破了规矩。那大约是上世纪60年代末，城里书店来了几个人，就在镇上的小学校内。我得知这个消息后，当即急匆匆地奔向学校的书摊。

我贪婪地一本本地翻看着。几乎没有一本不喜欢，因为那时能看到的书太少了。当一本《外国短篇小说集》映入我的眼帘之后，我已经完全激动了。"外国"两字就非常震撼，当时，我们不可能见到外国的小说的。我急切地翻看书价，1元1角钱。我傻眼了，这个数字在当时可以管全家2～3天的生活，作为长子，我非常清楚这一点。我拿起，放下；放下，又拿起。我已经产生了想买这本书的念头。

中午时分，母亲下中班回家，眼睛有明显的劳累感。我看到母亲后，到嘴边的话都咽了回去，不敢开口。中饭后，我又跑回了书摊，我又翻看起这本书来，我想，看几篇也好。但是，这本书对我诱惑力实在太大了，我得到这本书的欲望是那么的强烈。忍不住又一次跑着去找母亲。当我远远地看到母亲挑着担子从船上走向跳板的时候，我的眼睛模糊了，我没有再跑向母亲。

就这样，我中途反复地打着来回，矛盾地思想着。我不知道最后是如何战胜一切迟疑的，我决定用全部的决心鼓励自己，去向母亲开口；我用心安慰自己，母亲是希望我读书的，这是买书，不算乱花钱。

这次，我见到母亲，我大着胆，只怕自己又退缩，迅速地用最急迫的话完成了我的要求："妈，我要买本书。"妈问："什么书?""一本外国人写的书。""要多少钱?""一元一角。"母亲深深地看了我一眼，略略犹豫了一下，从口袋中掏出了一个用塑料包着的一个小包，翻开塑料纸后，从里面抽出了我要的钱。

我再一次飞也似的跑向书摊。忽然，我停住脚，回头望了一眼，只见母亲还站在那里，看着我。我不知道，此时的母亲在想着什么。

我终于买回了这本小说集，蓝色封面的装帧，美丽极了。

现在，我总会时不时地想起曾经有过的这一次购书的经历。虽然那只是一件小事，却深深地嵌入了我的心里。我热爱书，因为我觉得书里，有着我母亲的温暖。

妈　妈

◆文/［苏联］克拉夫琴科

一天晚上，我到朋友家去串门。我们坐在沙发上，天南海北地闲聊起来。突然房门大开，我那位朋友的小儿子站在门口，哭喊着："妈妈! 妈妈! ……""妈妈不在，"朋友从沙发上站了起来，"妈妈上班去了。你怎么啦? 摔了一跤? 自己摔的是不是? 那还哭什么。"他给儿子擦干眼泪说："好啦，玩去吧!"

儿子走后，朋友抱怨开了："总是这样！一张嘴就是喊'妈妈、妈妈'。你知道，有时我心里真不好受。好像我不如妻子疼爱他，好像我们这些当父亲的除了处罚孩子什么也不会干。其实我常常给他买玩具，疼爱他……你说，为什么小孩儿全都这样？"

我耸耸肩说，如果家里没有母亲，那孩子肯定就只叫父亲了。

"没错儿！"我的朋友深表赞同，"就拿我来说吧，从小没有母亲，所以我向来只叫爸爸。"

我正要告辞，朋友的妻子下班回来了。他们的小儿子就像被魔杖一指，飞跑到母亲跟前，诉说他刚才怎么摔了跤，摔得多么疼，又怎么哭了。母亲又是摩挲他的头，又是吹他摔疼的手，还不住地亲吻他。

我那朋友皱着眉头看着母子俩，嘟哝道："真够黏糊的，简直没完没了……"

没过两天，我那位朋友干活时从脚手架上摔了下来。我们把他抬到工棚，并且叫来了急救车。他在昏迷中嘴里只是不住地念叨："妈妈……"

嚼一片苹果皮

◆文/王众胜

那是三十多年前的事了。在外地工作的姑父回来看望太婆，带来的礼物中，有七八个又圆又大、又红又香的苹果。

我和哥哥第一次见到苹果。我们眼巴巴地看着那鲜红的苹果，闻着那诱人的香气，一口一口地咽着口水。

吃罢早饭，姑父走了。太婆把我和哥哥喊到跟前，拿起两个大苹果，塞到我和哥哥手里。她乐呵呵地对我们说："我早就看到你们俩馋猴儿似的盯着苹果。快到一边吃去吧，别让你妈看见了。"

我们拿着苹果，来到院子外的一堵矮墙边。哥哥看着苹果，眼睛乐成了两个弯弯的小月牙。我呢，不时地把苹果凑近鼻子，一边闻，一边连声说："好香，好香。"

哥哥说："咱们吃吧。"我说："咱们吃吧。"

不知说了多少遍"咱们吃吧"，可谁也没舍得在苹果上咬一口。

哥哥说："咱们别吃，等晚上爸爸回来，你的和妈妈分着吃，我的和爸爸分着吃。"

我咽了咽口水，连声说："好好好。"

我和哥哥正高兴地商量着，不知什么时候，妈妈已经站在我们身后。妈妈笑盈盈地看着我们，问道："这苹果是你们姑父给谁带来的呀？"

我们齐声回答："是给俺太婆带来的。"

妈妈说："是啊，这苹果是给你们太婆带来的。太婆已经八十多岁了，身体又有病，咱家有了什么好吃的，应该给她留着，让她多吃几次。你们说我说得对不对？"

我和哥哥没有回答，忙把苹果放到妈妈手里。

妈妈看了看手里的苹果，又看了看我和哥哥，脸上忽然没了笑容。好一阵之后，她才摸了摸我们的头，转身走进屋里。

我们在院子里玩了一会儿，哥哥说："别玩了，咱们该做作业了。"

我和哥哥走进屋里，看到妈妈站在太婆床前，正准备削苹果。太婆看到我们，擦擦眼泪对妈妈说："俩孩子长这么大还没吃过苹果，你就让他俩一人吃一个吧。"

妈妈笑着说："奶奶，他们以后吃苹果的机会多着哩，你就别老想着他们了。"

太婆又擦了擦眼泪说："孩子，难得你的这一片孝心，可你不让他俩尝尝，我吃着也没啥味呀。"

妈妈给我们使了个眼色，我和哥哥忙拎着书包走出屋外。

那天我们吃罢晚饭，妈妈把我和哥哥叫到她面前，端起放在案板上的一只碗说："伸手。"我们把手伸了出去。

妈妈在我和哥哥的手里放了几片苹果皮，笑盈盈地说："吃吧，孩子。"

我捏起一片苹果皮放到嘴里，慢慢嚼着，立刻，满嘴都是苹果的香、苹果的甜。正在细细品味的时候，哥哥叫了起来："妈妈，苹果皮是苦的。"

"苹果皮苦?"妈妈有些惊奇地看着哥哥。哥哥把苹果皮递到妈妈面前，妈妈忙捏起一片放到嘴里嚼了嚼。忽然笑了起来，轻轻拍拍哥哥脑门儿说："你这小鬼头哟。"

我也连忙捏起一片苹果皮放到妈妈嘴里。妈妈把我和哥哥搂在怀里，一边嚼，一边高兴地说："真甜真香啊。"

我常常想起第一次吃苹果皮的往事。随着岁月的流逝，年龄的增长，愈来愈深刻地认识了妈妈那美好的心灵。

如今，吃苹果已是极平常的事，但在我的感觉里，第一次吃的那几片苹果皮，滋味是最难忘的。

一个都不舍得

◆文/尚美姣

"慧芬，丽丽电话。"邻居隔着院墙喊慧芬。

丽丽是慧芬的女儿，在省城的一所专科学校学习电脑专业，还有几个月就毕业了。慧芬真怕去接电话，心情顿时沉重起来，手一抖，差点把碗里的面条撒在地上。

从邻居家回来，丈夫还坐在床边吃着面条，慧芬却再也没心思把剩下的半碗清汤面喝进肚里。丽丽急需三百元钱！这件事石头一样压在慧芬心上，去哪儿借呢？

邻居刚才不阴不阳的几句话像刺猬扎得慧芬浑身不舒服：

"慧芬，不是我说你，丽丽一个女孩儿家学什么电脑？这两年要是跟着俺家小玲去广州打工看能挣多少钱？你也不用吃这么多苦，欠这么多债。撑不住就别让她念了，看俺小玲前几天又给我寄了一千块钱。"

丽丽初中毕业没考上高中，让丽丽上学是慧芬自己的决定。因为还有两个儿子上初中，便遭到了丈夫的强烈反对。慧芬不想让女儿重复自己的生活，坚持让丽丽自费上学。

那时候，丈夫是身强力壮的泥瓦工，农闲的时候就去工地干活，日子虽紧点但还能过得去。去年冬天，丈夫从脚手架上滑落，腰椎骨折，瘫痪在床，不但不能干活挣钱，看病还落下一堆的债。

丈夫心疼地看着几个月便苍老几岁的妻子说："让她回来帮你吧！咱已经争不起气了！"要说慧芬没有过让女儿回来的想法是假的，刚刚对着电话她真想说："丽丽，妈真供不起你了！"可话到嘴边的时候，女儿说："妈，电话费很贵，我挂了。"

权衡再三，慧芬还是不甘心让眼看就要毕业的女儿失学。她决定卖三编织袋玉米给女儿寄钱。

从邮局回来，天下起雨。虽然已经是春天，下雨的时候屋里还是有点儿阴冷。

丈夫的腰又开始疼痛，慧芬用剩下的钱冒雨去给丈夫买药。

雨水冲洗着慧芬撑着的伞，伞下的慧芬用泪水给自己洗脸。一个决定忽然在慧芬心中产生，她要学电视里的那位母亲用抽稻草的方法来放弃两个儿子中的一个。跟那位母亲不同的是，她用麦秆不用稻草，她要把麦秆握在手心不放在席子下。

天黑了，两个儿子骑着一辆自行车回到家。慧芬特意炒了两个菜。平常的时候，他们大都是吃自己晒的豆瓣酱或者咸菜，很少炒热菜。学校离家远，两个儿子中午不回家，慧芬两口子一般都是吃清汤面条。

小儿子问："妈，今天咋做这么多好吃的？"

"今天下雨，没去地里干活，有空。也该给你们爷儿仨改善生活了。"

慧芬给丈夫拨一小盘菜端进里屋，顺便把准备好的麦秆藏在手心，然后坐在两个儿子中间，看看这个，看看那个，掐哪只手哪只疼。为了不影响孩子们吃饭，慧芬决定等儿子们吃饱再说。

儿子并不知道这顿饭要改变自己一生的命运，两个人狼吞虎咽地吃了起来。

小儿子看慧芬不动筷子，问："妈，你咋不吃？"

"我跟你爸一块吃。你俩多吃点。"

大儿子看慧芬的脸色有点不正常，问："妈，你怎么了？脸色这么难看。"

慧芬有种做贼的感觉，心扑通扑通跳，忙站起来："没事，没事，穿少了有点冷。"

麦秆在手心里握出了汗，慧芬还是没勇气把头露出来，更没有勇气把话说出来。

饭吃完了，小儿子主动帮妈妈洗碗刷锅。大儿子今天很高兴："妈，模拟考试的成绩今天出来了，我是年级第一，老师说，考重点没问题。"

小儿子也调皮地跟着哥哥说："妈，我向哥哥学习，下回也弄个第一，给您长长脸！"

慧芬握麦秆的手像是被马蜂蜇了一下，手一颤，两根麦秆随之滑脱。慧芬为自己生出这样的决定惭愧极了。

她看看儿子，长出一口气："只要你们能考上大学，妈就是砸锅卖铁，沿街乞讨也要供你们！"

一个女市长妈妈的遗愿

◆文/彭　达

她仰卧在床上，肩背被高高的枕头垫起，可依旧呼吸困难。她嘴张得老大，脸像墙壁一样惨白。

床前，静立着看护的人：大夫、护士、秘书、丈夫、念高小的女儿芳芳及揣着笔记本的记者。

大夫俯下身仔细地听了她的心跳，然后，缓缓地立起身，抬腕看看表，向秘书投去一瞥，那意思是极其明白的。

难道她就要这样地去了？真有点不敢相信。她本是精力充沛的女人，她还没有过四十五岁，在中级领导层中，她是年富力强的。她担任市长两年多来，使这个小小的江滨城市发生了不小的变化：整洁的市容，产值的翻番，还有兴修那为人所不齿却一刻也不能疏忽的公共厕所……她为这个城市耗尽了心血。

她本不该这样早早地离去。倘若不是洪水陡涨，倘若不是堤坝决口……

她要去了，就这样躺在自家的床上，默默地去了，室内，回旋着悲凉的哀思。

她却不肯瞑目，眯缝的眼里透出一种光来，这是一种寻觅和切盼之光。张着的嘴微微翕动，似有话语交代。

众人一阵迷惘。他们环视卧室，想找些所需之物了却她的遗愿，以此慰藉这颗即将停止跳动的心。

秘书递她常年不离手的提包，那里面装有她批阅过的各类文件。她却依然瞪着眼。

大夫递过几粒药片。她还是睁着眼。

想是得到点闪光的言语吧，记者将耳朵贴近她的嘴唇，却一无所获。

大家失望了，谁能探索到这个市政最高女官员的内心奥秘呢？

她的丈夫默默地将女儿引至床沿。像是一种回光返照，她脸上突然有了生气，垂着的手缓缓移动，费力地攥住女儿的前襟，随后闭上眼睛，溘然仙逝了。

记者轻轻地为她放平枕头。这时，他发现枕头下面压着一个绿皮笔记本。大家打开一看，里面是她的防汛日记，在最末的一页，醒目地记着一条：今晚要为芳芳钉扣子！

"唰——！"目光射向芳芳的衣襟，上面的衣扣已经脱落了两颗。大家记得，那天夜晚，她倒在洪水中了。

泪，漫过众人的眼睛。他们看到了一个女市长的朗朗硬骨，也看到了一个母亲温柔的心。

为了母亲的心

◆文/邓沫南

不敢写母亲。想做又不敢做，是一种负罪感。活了将近20年，我在19岁的尾巴上领悟到母亲对于我、对于一个人的意义。小时候写关于父母的作文是容易的，那时的母亲就是一个幼小孩子的全部世界，她的存在是安慰，怀抱是坚固的堡垒，让我免受任何压力与伤害；温暖的体温，手上的雪花膏味，围裙上的油渍和米饭腾起的热气，抑或冰箱里自制的雪糕带给舌尖的甜蜜，是我闭上眼仍能清晰忆起的童年时光，挥之不去。

小学三年级的一个中午，回姥姥家吃完午饭，暴雨顷刻联结了天地；母亲照例是骑车送我上学的，她披上雨衣，让我坐在车后，钻进雨衣里，以免被雨淋到。

我钻进雨衣，贴在母亲背上，低头看着车轮下飞速后退的大地和湍急的雨水。耳畔只有隆隆的雷声，面部感到的是母亲脊背的一弓一伸，费力地顶着大风，冒着暴雨，蹬着车子。我感到前所未有的安心。世界再疯狂，母亲的雨衣就是我暂时的家；母亲的爱则可以是我永远的雨衣。

车子停在教学楼门口，我钻出来，跑进楼里，转过身，我被我看见的场景惊呆了：母亲的头发乱着，从雨衣帽檐上流下的水流顺着母亲的额头、脸颊淌下；母亲的嘴唇冻得发青，眼镜上布满了大颗大颗的雨滴。新的雨滴还在拼命挤到镜片上，像发狂的野狗。

母亲伸出手抹了一下我头上的雨水。她的手冰凉，颤抖。我想说点什么，却只撇了撇嘴。"妈，你……"母亲一笑，"没事儿，快进屋去吧。"我只能低下头，想忍住眼泪，却正好看见了母亲湿到膝盖的裤腿。

地下的雨水还在淌成一条条小溪。我嗓子一紧，只好匆匆向妈妈挥挥手，跑进楼去。才转过身，我的眼泪就急着流下来了，一种难以名状的伤心、委屈、感动杂糅在一起，哽在喉头，涌上心头。

许多年以后，当我读到朱自清的《背影》，眼前浮现出那个午后母亲淌满雨水的脸和湿透的头发、裤子，我才明白，为什么朱自清用最朴素的语言，描写出了最深沉的感情。

因为，他只能用朴素来诠释一种平凡的伟大。

这种平凡的伟大随处可见。我还记得上幼儿园的时候，一个暑假晴朗的午后，母亲放下手中的活，只为了我一时兴起的"妈妈，你听我数数"。我还能清楚地勾勒出当时的画面：一个不到五岁的小孩，在兴致勃勃地数数："一，二，三，……，九十二，九十三，……，一千，一千零一，一千零二……"年轻的母亲坐在孩子面前，一直微笑着看着自己的儿子，一面不时地点头，投出鼓励的目光。明亮的阳光穿过玻璃窗，照在这一对母子身上，成为这幅以母爱为题的照片最恰当的比喻。整整一下午，母亲都在听我数数。也许对于难得有整块时间来做家务的母亲来说，这时间流逝得毫无意义。但是，这许多年的时间之河却淘出了那一个下午，它的意义也在我生命里越发彰显。

无忧的童年总是短暂。为什么那不可避免的叛逆要伤害自己最亲近的人？这也许是人类成长史上永恒的难题。而母亲，伟大的人类之母，则用母爱，作为永恒的解答，抚慰成长的疼痛。在最灰暗的一段日子里，母亲用每晚的一碗煮水果和睡前的一杯牛奶、两个核桃，于无声中向我传达了最响亮的安慰。

雨过天晴。我不禁反思：是否只有在经历了 12 年寒窗苦读之后，才能读懂母爱这部大书？是否只有在经历了首次离家远行的分别之后，才能唤起沉睡的感恩之心？远离了母亲，是否会因为距离而淡忘了一颗在远方惦念的心？

在忙碌于活动之余，是否一个多月才想起给家里挂一次电话？或者会在电话里肆意倾诉我们的疲惫与苦闷，让母亲的心成为一块吸收我压力的海绵，给母亲增添一份心灵的远程负担？

我不敢让自己想起母亲，因为怕太多的话语，太悠久的感情冲破我自私的现实生活。我怕沉浸于这感动，这感恩的愿望。这过往点滴的回忆，以及那些永不回来的美丽记忆，那倾盆的大雨，那午后的阳光，那深夜的奶香……我怕沉浸其中，却不知如何回到过去，如何珍惜现在，如何面对未来。最善言辞的人，当他面对母亲的真心，恐怕也会默然无语吧！

然而，我又愿意这样沉浸，为了母亲的心。为了我暂无法给予更好安慰的母亲的心，就让我无语沉浸。因为我将难以忘记，父亲曾平静地告诉我：

你进了宿舍楼之后，你妈一转身，眼泪就哗哗地下来了。怎么劝也劝不住。

母爱的暖风

◆文/王佳音

很喜欢听小刚的这首《暖风》，每次听都在心中涌起阵阵的感动，仿佛真的有暖风从心中吹过。虽然这首歌描绘的应该是恋人的爱，可我却总会想到我母亲。从小到大一直无微不至地照顾着我，就像暖风把稚嫩的幼苗呵护成材一样。想起这20年被妈妈疼爱的生活，就像被暖风轻拂一样幸福。

你和我不常联络，也没有彼此要求，从开始到最终这份情感没变过，没有谁能够取代这种甜美的相投。

将近三周了，老妈都没有打电话来。我想她是不是生气了，因为临走前我跟她说不用周周都打电话，反正都没什么事，可现在反而是我不习惯了。周日的晚上，终于有打电话来了。可一说起来还是老话——要努力学习。是啊，老妈从来对我没什么要求，只要努力学习，其他的什么都好说。可是就是简单的要求，我却常常不能满足，所以每每听到这句话都会脸红。还好是通电话，要是在家早就被察觉了，然后会被狠狠地教训一顿。忽然，老妈忧心忡忡地对我说，她做噩梦了！梦见了火车出轨了，吓死她了，还千叮咛万嘱咐地让我小心，没事就不要出学校了。这真让我哭笑不得，我又没在火车上，老妈在担心什么啊！不过细细体味起来就是让人觉得甜美幸福，从小到大妈妈的关怀都是不会变的，永远像海一样深，像空气一样无时无刻不在，就算在梦里也要替我担心。

妈妈总是让我感到快乐幸福的，虽然我们平平淡淡地依偎在一起，可这平淡之中却有浓浓的从不改变的爱。在我童年时，妈妈陪我度过了最快乐单纯的幸福时光：那时每天都是妈妈骑车接我上下学的，每天的早上都会在途中的丁字路口处停车，买面包和牛奶当早餐，尤其是在冬天，手捧着热热的牛奶靠在妈妈的背上，就算再冷也会觉得很舒服。夏天放学后会和工作一天的妈妈一起吃雪糕。我喜欢让妈妈把方方正正的大块雪糕咬成小小的纺锤形，然后拿在手里慢慢地舔，因为这样的雪糕看起来才好看、吃起来才美味。不过现在回想起来有些后悔了，所以每次和老妈一起吃雪糕都会"质问"她小时候到底骗了我多少雪糕吃。每次一起回想着往事，两个人都会露出会心地笑，我们的人生是相融在一起的，我们拥有无数共同的美好回忆，所以就像歌词中写的"没有谁能够代替这种甜美的相投"，因为这种最甜美的爱只有母亲才能给予。

习惯对你说感动，需要时你在我左右，两颗心活得自由而不担忧时空。

也许是运动神经太差了，从小到大我总是很爱受伤的。每次受伤妈妈都会一边帮我处理伤口一边很凶地骂我，常常让我觉得很委屈，哭得更厉害。不过后来想想妈妈应该比我更疼吧，也许不用大声地训斥来掩盖，她肯定每次都会心疼得大哭一场。不过虽然会被骂，每次受伤后看到妈妈才会觉得有勇气面对疼痛，看着母亲焦急而心疼的脸和红红的眼圈，我也觉得心痛。这种心情不仅仅是感动和爱而已，我不知道该怎么说。在我受伤的时候，生病的时候，遇到挫折的时候，我都渐渐地学会勇敢地面对了。因为我知道只要是我需要的时候，母亲一定会在我身边，陪着我一起面对人生的坎坷。痛苦有人分担的时候，再艰险的道路都会变得好走的。

不知道为什么，在我的脑海里常会回荡着一句话：我8岁，妈妈36岁。也许那一年常被问起这种问题，所以它刻上了我童年的美好回忆，就抹不掉了吧。不过我想这是因为在潜意识里我永远认定，我是妈妈心里长不大、需要她呵护的孩子，而妈妈永远是年轻漂亮无所不能的母亲吧。无论时空怎样变换，这种想法永远不会改变，母女之间的爱也永远不会改变，永远那么深，那么甜美。

有时候我的脆弱，只展示在你面前寻求解脱，而你总是帮助我走出沉沦和迷惑，像镜子那般清楚照出真实的自我，最好最坏的结果，你都愿张开双手，完完全全地接受不完美的我。

三模的时候，我发挥失常了。虽然老师对我说高考时不会有问题的，但我还是很失落。开家长会那天我很担心，母亲一定会很失望的。可她回来的时候说她花了200块钱帮我买了一张可以帮我估分报好志愿的卡。我听了很难受也很生气，自己的能力与价值全被一次模拟考试所否定了，竟然要借一张卡来寻找出路。于是我大发脾气，还狠狠地哭了一顿，将心中郁结的不快统统发泄到了母亲身上。母亲显然没想到一张卡竟这样地刺激到我，她解释道她相信我高考能考好，买卡估分只是为了更保险。后来妈妈也没再提过这件事，也没怪我随便就对她发脾气。我想我可能早就认定母亲会如此地纵容我所以才那么放肆，可是我也只愿意在母亲面前承认自己的脆弱与无助，只有在母亲面前才能不顾一切地痛苦发泄，因为无论我是失败还是成功，妈妈都会一样爱我。

有暖风在心中何必畏惧过寒冬，不必说什么是拥有你给的我懂，有暖风梦里头呵护纯真的执著，爱不休让期望的手从来不落空，谢谢你陪着我。

昨天晚上做了奇怪的梦，自己千方百计地想找一块最华美的衣料做一件漂亮的衣服，等暑假回去时送给母亲。我想我非常想为母亲做点什么，可是又不知道应该做些什么才能回报这么纯粹伟大的爱。我一定要尽自己最大的努力不让母亲对我的期望落空，我希望有一天母亲也会觉得我像暖风一样守在她的身边，在寒冷时感到温暖，在无助时有所依靠。

只想给你第二次生命

◆文/尤天晨

在她42岁时，18岁的儿子病了，是血液方面的毛病，治疗很棘手。医生说，只有一种方法可以挽救她儿子的性命，就是采用同胞新生儿脐血注入疗法。也就是说，她必须再生一个孩子。"可是，就你的年龄和体质而言，能否顺利怀孕，能否平安生产，谁也没有把握。你们要考虑清楚再作决定。"

"算了，"丈夫说，"我不能让你冒这个险。"

她不同意。肉上生疮肉上痛啊。如果儿子的生命都不能保证，当妈的活着，又有什么意义?!

"我一定能生个孩子的，相信我。"她的内心并不自信，但她相信，冥冥之中那个掌管子嗣的神灵，会对一个母亲的不幸网开一面。

丈夫没能说服她。

他们开始为怀孕而做各方面的努力和准备。一边为申请二胎指标到处奔波，一边还要照顾生病的儿子。儿子的病情在缓缓地加重，使他们的计划与任务越发显得人命关天。焦虑、疲劳和压抑，终于导致她内分泌失调。两个月过去了，她还是没有怀孕的迹象。为此，她求医问药，差点儿没急疯。一天，当她终于从自备的测早孕试纸上发现异常时，她哭了，儿子有救了！

她以后就盼星星，盼月亮，巴不得腹中的孩子早一点儿出生。她每天都注意自己身体的细微变化。到底是年龄不同了，随着怀孕月份的增加，她越来越感到精力不足，头发开始脱落，牙齿日益松动，走路时腿里像塞了棉花……身体里的钙质一点点流向那个鲜活的小生命。但是，身体越不适，她越开心，因为，那证明胎儿在渐渐长大，证明救活儿子指日可待。

然而，在她怀孕七个月时，儿子的病情进一步恶化了。听到这个消息，本就虚弱的她晕倒了。醒来时，她已躺在产房里，阵阵腹痛告诉她，她正面临早产，而且伴随其他复杂情况。她听见医生在门外说，大人和孩子，只能保一个，你要谁？然后便是丈夫痛苦的反问，怎么会这样？怎么会这样?! 两个我都要……可稍有理智的人都知道，这根本不可能。

"不，我只要孩子！"她忍着剧痛，对着门外声嘶力竭地喊道。医生和丈夫闻声立即来到她面前。丈夫心疼地看着苍白憔悴的妻子，豆大的泪珠滚了下来："不能啊！这样做我对不起你。"

"可是，不这样做更对不起我们的孩子——是两个孩子！"妻子说。

最后，医生采纳了她的意见——保全孩子。医生对那位丈夫说，成全她，因为，我也是母亲，我理解一个母亲的心情。

手术室里，一种神圣的肃穆涌动着，随着一声响亮的啼哭，产妇终于带着疲惫和满足的微笑合上了眼睛。她苍白的脸映着满床血的汪洋，映着窗外五月那火红的石榴花，凄美动人。医生对着她的遗体深深地鞠了一躬。

又是一个石榴花开的五月天，一个中年男人抱着粉嘟嘟的女儿，领着血气方刚的儿子，去墓地看望孩子们的母亲。"知道吗，你们的妈妈，曾给你们两次生命。"男人看着女儿清澈无邪的眼睛，又把目光移向儿子的脸。

两个孩子像两枝美丽的康乃馨，正借助母亲的生命成长、怒放。男人觉得，这是自己献给妻子的最好的节日礼物，因为这一天，是母亲节。

母亲的手艺

◆文/侯发山

那年她 14 岁。要过年了，村里的伙伴们大都穿上了新衣服，一个个兴高采烈地跟找到食儿的麻雀似的。她因为没有新衣服，就猫在家里不愿出去。她从未穿过新衣服，平时都是穿姐姐的旧衣服，不合体不说，衣服上是补丁摞补丁……她觉得特没面子，也因此很自卑，好在她学习成绩一直很优秀。听着外面不时炸响的炮仗，以及伙伴们的欢声笑语，她就斗胆对母亲说，娘，我要新衣裳。母亲就沉下脸，瘦削额头上的皱纹簇成了结，满是厚茧的手轻轻摩挲着她的头，长叹了一声。她竟有些后悔，家里穷，平时的零用钱都是母亲一个鸡蛋一个鸡蛋攒下的，母亲常年有病，没断吃药……母亲沉默了许久，才一字一顿地说，好，娘给妮儿缝条裤子。这时，她苦巴巴的脸上才绽出灿烂的笑。母亲拍了拍她的肩膀，哑着声音说，妮儿，你要好好学习。她使劲点点头说，放心吧娘，我会的。

第二天，母亲就把攒下的一罐鸡蛋带到集上换回了一块布。母亲给她量了尺寸后，当天晚上就到隔壁二婶家去做裤子，二婶家有缝纫机。

大年三十早上，她还在被窝里赖着，母亲掂着一条裤子站在床前，笑吟吟地催她起来。那是一条用帆布（以前厂矿里的工作服布料，俗称劳动布）做的裤子。这种布料耐磨，而且在农村比较少见，当时谁穿这种布料的衣服跟前几年拥有一部手机一样趾高气扬。因此，她兴奋得嘿嘿直笑，忙从被窝里钻出来去穿棉裤棉袄，最后在娘的帮助下套上了那条裤子。

嘿，两条裤腿上绣着四五朵向日葵的图案，图案的布料是用退了色的布做成的，显然是从旧衣服上裁下的，但图案很好看，图案的边沿给剪得一缕一缕的，像是向日葵盘的叶子，十分逼真。她就一派喜气在脸、滋润在心的感觉，觉得娘真行——娘不但会缝补丁，还会绣花。母亲原以为她不满意，见她如此高兴，也就松了一口气。

她匆匆扒了两口饭，就像只出笼的小鸟似的飞了出去。她要出去跟伙伴们玩，同时还要炫耀一下她的"时髦"裤子。

果然，伙伴们看到她的新裤子，眼睛为之一亮。她们想不到，一向打扮得跟叫花子似的她，也有光彩照人的时候。特别是看到裤子上绣的花，都羡慕得不得了，纷纷围过去观看，甚至用手去摸裤子上的"向日葵"。没想到，一个伙伴用力过猛，把一朵"向日葵"图案边沿的"叶子"给拽掉了，露出了里面脏乎乎的棉裤——原来，那一朵朵"向日葵"是变了花样的补丁！她耳根儿一阵发热，脸腾地红了。大家轰地笑了，都看着她，眼神里满是讥讽。被人家窥见了隐私的那种害羞又惶恐的心情害得她直想哭，她努力不让满积在眼眶里的泪珠往下掉，转身便跑回了家。

母亲正在做年糕，气冲冲回到家的她满脸不悦，她狠狠瞪了母亲一眼，麻利地脱下新裤子，揉成一团甩到母亲面前，嘛着嘴说，啥狗屁裤子!

母亲气得整个身子颤抖个不停,伸出哆哆嗦嗦的手,想打她,高高扬起的巴掌却在空中停住了,最后落在自己脸上,旋即便有晶莹的东西在她的眸子里闪动。她不知所措地低下头,准备迎接母亲的责骂。

"扯的布不够尺寸,只有那样了……我这当娘的无能啊。"母亲的声音涩住了。她的眼泪涌了出来,紧接着,就像断了线的珍珠簌簌地滚下脸颊,终于放声地哭起来。

自此以后,本来话就不多的母亲变得更加寡言少语了,一天到晚忙个不停,做饭、洗衣、缝补、养鸡……没过多久,母亲就病倒了,再也没有站起来……母亲去世后,她才从姐姐那里得知,为了给她做那条裤子,一直吃着药的母亲停了药!她愈发内疚,扑在母亲的坟头追悔莫及,号啕不已。

所谓的人穷志不短,马瘦有雄心。她发愤读书,考上了大学,留在了城里,生活有滋有味,日子过得五光十色。

有一次,她特意参加了一个服装博览会。她准备买一套高档衣服,荣归故里衣锦还乡。一来让那些昔日嘲笑她的姐妹们看看,二来想回去给母亲扫扫墓。博览会上的服装琳琅满目,令人眼花缭乱应接不暇。据说这些时装都是世界一流的服装设计大师设计的作品。忽然,她看到一位靓丽的模特儿穿了一套牛仔服,那裤子的式样跟当年母亲给她做的一模一样!

她木木地呆了许久,眼里的泪悄悄爬满了脸庞。在场的人都诧异不解,她便哽咽着讲了当年的故事,一时间,大家都沉默了。最后,一位满头银发的服装设计大师感慨地说:"世界上所有的母亲都是艺术家。"

母爱的棉衣

椏子3岁时他爹就死了，椏子上面还有一个姐姐，娘就拉扯着他和他姐姐一起过日子。

一开始椏子和姐姐都小，娘一个人种着全家的八亩地，每年娘都腾出一亩来种棉花，无论日子过得多穷，收了棉花，娘总要给他们姐弟俩每人做一身厚实暖和的新棉衣。八亩地像一座山，把娘的身子累瘦了，也累老了。娘的头发花白的时候，椏子和他姐姐也都长大了。姐姐出嫁了，嫁给了一个老实的后生。椏子从小学上到初中，再由初中上到高中，高中毕业没有考上大学。椏子不愿意种地，就到城里去打工。八亩地还是由娘种，娘一天一天地老了，她越来越种不动了。

村子里一个孤身老人韩老六就开始帮助椏子娘种地，一开始椏子娘不肯，后来就渐渐不再拦着了。韩老六帮助椏子娘种地的第三个年头，椏子娘有一天和椏子商量，她想找一个老伴儿过剩下的日子。椏子当时就发火了，他早就知道了娘和韩老六的事儿，他觉得娘嫁给韩老六是抽他的脸面。椏子那时候正在处对象，对象是城里的一个姑娘。

椏子娘铁了心要跟韩老六过日子，椏子结婚两年头上，椏子娘就搬到了韩老六家。于是椏子就骑上摩托驮了娇妻，一起去韩老六家，一个头磕到地上，就和娘断了关系。椏子走出韩老六家的时候，椏子娘扶着门框，眼泪湿了脚下一片地。

椏子回到家里，把姐姐和姐夫叫到家里，对他们说："谁再和娘走动，我就和他断。"椏子说到做到，不久就不和姐姐、姐夫走动了。

椏子在城里妻子的帮衬下，开了一个羽绒服专卖店，不久就发了，日子过得很滋润。

滋润的日子过得很快，转眼十年就过去了。这一天，姐姐来店铺里找他，对他说："娘死了，给你个信儿，你爱去不去。"桠子铁了心肠不去，他觉得他娘给他脸上抹了黑。桠子磕头时就和娘说了：活着不养，死了不葬。桠子一点儿也不想他娘，他觉得去不去都没有什么关系，所以他就坚持着没有去。娘的丧事刚刚过去了一个星期，桠子已经逐渐在自己的脑海里把娘淡忘了。

这天上午，邮递员给桠子送来了一个很大的包袱。包袱不是很重，一层层打开，里面是十件棉衣。棉衣叠得非常整齐，随便打开一件，崭新的棉衣都厚厚的，试着穿穿，棉衣暖暖的。

棉衣的下面有一张字条，一看笔迹，桠子知道是自己的姐姐写的。字条上说：这是妈妈一针一线做的棉衣，每一针里，都缝着妈妈的一滴眼泪。这是妈妈死前反复嘱咐我一定要给你的。

桠子看完信忽然就哭了，哭得惊天动地，一边哭着，一边用力抽自己的嘴巴。

写给母亲

◆文/张小英

又是一年的草长莺飞，我在京都，您仍在遥远的山城。相隔岂止千里？"母思儿耶？"儿亦思母呵！抚摸着您亲手缝补的衣服，不禁想起您手持针线低头温柔的模样。一线线细密的针脚，缠绕了多少绵密深长的爱意。每一个针孔都是您穿的，每一段线条都是您引的，蓦然地，我发现，我是这样幸福！

谢谢您，谢谢您把我带到这个世上，纵然它是那样的不可预知，充满了不可测的困难和危险。是您让我看到了它们，那些或是鲜活或是灰暗的生命，是您让我拥有了生活的权利和所有的希望。对于这样的恩情，我无法言表，唯有以默默的心情、深深的眷恋来安慰您、保护您，希望您从此不再忧愁，不再叹息，不再劳累。这就是我，作为女儿，唯一的也是最后的心愿。

您总是那样温柔，那样恬静，看着您的脸总让我安定、安心，就算窗外狂风肆虐，大雨滂沱。想起小时候，也是下雨天，淅沥沥的声音隔着窗透进来，弥漫在润润的空气中。我躺在您的身边，依着您，那感觉好温暖。您呢，织着给我的毛衣，一针一线，绵绵密密；一边断断续续地说着世辈流传下来的老故事，用着那样平缓、柔和的语调，让我的梦境都填满了平和宁静的幻想。依着您的体温，那是最舒适的回忆和甜美。

想您了，在这个夜里，我想您了。想您的时候，温暖毫无来由地涌进心房，满满得好像要溢出来。也许是太满了，心里突然有种胀痛的感觉。我开始为您心疼。我是不是您的幸福？我开始问我自己，自己的到来是否让您感到幸福。如果，没有我，您会不会更幸福一些？还是，相反？一直以来，您都是我的幸福，那么我呢？又想起那些琐碎的往事了：大清早就起来，忙里忙外，然后叫我起床，帮我整理好书包，送我和姐姐出门……一切都那样平淡，如水一般。您忙完家里，又忙地里，还要到纺织厂挣那点微薄的工资。这一切劳累都是为了供我和姐姐上学，维持这个贫困的家庭。妈，我不忍看您这样劳累，所以，我有时候会想，如果不是为了我们，您是不是可以轻松一点，生活得舒适一些，生活的担子是不是不再那样沉重？我甚至怀疑，我们是不是您的负担，该不该到来；给您增加这样的苦难和劳累，是不是罪过？

直到，看到您舒心的笑容、欣慰的眼神，我释然。这便是母性，女人与生俱来的母性。世间什么都可以是相互利益的结合，而母亲对于儿女却是绝对的无私。您对我们的付出，没有目的，不求回报，只希望儿女可以生活得比自己好，只顺着神圣的天性，只因着血肉相连的脉脉温情，而毫无怨言。

就在这样看似平淡而普通的日子里，时间也像流水一般，悄悄流走。当初，您怀里的小女孩儿已经长大了。她学会了珍惜，学会了理解。北上的火车开动时，我没来得及向窗外看您一眼，但我可以想象出您瘦弱的身子，站在夜半的站台上，翘首望着离去的火车，不舍的眼神，以及那还没来得及放下的挥别的手……这一幕总像电影一样在我眼前回放。"儿行千里母担忧"啊！纵然不舍、不安，离别前，您还是强撑笑容，装作无所谓地说："没事，很快就回来了。"每次打电话回家，您总是用愉快的声音问这问那，即使有什么烦恼，您也极力掩饰。

记得上高三的时候，我住在学校。那年春天，父亲出了车祸。您硬是把消息隐瞒了两个多月，直到父亲脱离了危险，有了好转。听到消息的一瞬间，您知道吗？我的第一感觉就是心痛，为父亲所受的痛苦而心痛，为您对我的隐瞒而心痛，更为自己的粗心忽略而心痛。只要一想起那两个月您是怎样的煎熬和忍耐，我就不禁湿了眼眶：丈夫被轧得盆骨粉碎，躺在重症病房里，昏迷不醒；手术费、医疗费不知从何筹措，然而，这样的焦急、忧虑却不能让正面临高考的女儿知道，只能默默地承受巨大的伤痛和恐惧，还要对我们表现得若无其事，强装笑容。当时，您的内心是怎样的痛苦和纠结！您总是说："没事的，一切都会好的。你看这不是好多了吗？"可是，有谁知道，这个过程您走得多么辛酸、多么艰难！

在医院陪护期间，我到那儿陪父亲和您。一天，您和我说起，前几天，发现身上多了几个肿块，去做了检查。我的心顿时揪紧了，牵着您的手不禁紧了紧，您察觉了，安慰地说："结果出来了，没什么大事，只是平常的肿块，皮外伤。只是……"您接着说，"只是当时很担心，想着要是我再有什么事，你们俩怎么办。"听到这，我挽紧了您的胳膊，低下了头。我不敢抬头，因为我怕您看见，我早已满面的泪痕。

妈妈，好温暖，好窝心的字眼。正是这个字眼，让您付出这么多却无怨无悔；也正是这个字眼，让我心安，也心疼。

妈妈，女儿不奢求什么，只希望您快乐。女儿也知道那快乐的源泉便是我们，所以，我会快乐，只因为这份快乐能带给您幸福。女儿也不企图什么，只希望您幸福，因为只有您幸福，才有了我们幸福的源泉。有您的地方，就是我所有希冀发光的地方，就是我所有希望闪亮的地方，就是我心灵最后的最永恒的归宿。

妈妈，我爱您，虽然从未对您说出口，但我真的爱您，愿您幸福、平安！

当母爱已成为习惯

◆文/赵 一

情感是个奇妙又复杂的东西，亲情、友情、爱情差不多构成了一个人感情生活的全部。爱情让人尝尽酸甜苦辣，需要精心地维护方能持久；友情让人饱受世间冷暖，必须慢慢地培养才能永恒。唯独亲情，它是这三者中唯一一个人们与生俱来，并伴随人们一生的情感。也许正是因为它的"难失去性"，人们才容易忽略它，让它成为不被重视的一类情感。可是若让你必须从三种情感中舍弃两种，你会发现最放不下的还是亲情，而亲情中的父母之爱尤其令人难以割舍，但因为你已经习惯了这种情感给予你的温暖，所以只有当你失去它的时候，才会感到彻骨的寒冷。

有这么一个故事，还是有关那个古老的问题的：当你的妻子、孩子和母亲同时掉进水里，你会先救谁。一个男人觉得难以回答，就去问他的妻子，没想到妻子脸色一变，说："你要是敢不救我和孩子，我就和你没完。"他又去问儿子，儿子却不耐烦地说："你爱救谁救谁！"他最后跑去问自己的母亲，母亲却惊慌地说："你要救我们，岂不是自己也得跳进水里，那可不行！你得先救自己的性命！"事后，这个人不无感慨地想：原来最关心自己的还是自己的母亲！我相信这也会是很多人在经历了无数变迁之后感悟到的吧。

一直以来，我对亲情的认识都伴随着我的成长在不断加深。想起以前自己对亲情的漠视，我真的非常内疚。

上小学以前，我一直由姑姑照看着，而妈妈整天忙着上班、做家务，所以我跟妈妈之间仿佛有了隔阂，我对她甚至于感觉比较陌生。她很疼我，给我买各种各样的东西，但是我却从来不敢像其他孩子一样，主动跟妈妈说要买玩具，买衣服。直到姑姑搬走，我和妈妈才逐渐"热络"起来。后来我跟妈妈提起这些事，她大笑起来，说我真是幼稚得很，哪有孩子会对自己的母亲觉得陌生。

我的整个童年生活都是在无忧无虑中度过的，无论我想做什么，妈妈都会尽量支持我，从不约束我，因此那时的我根本不知道烦恼为何物。

可是到了上中学的时候，我发现妈妈仍然不管我，对我还是"放任自流"。每当同学们用炫耀的口吻对我说："我妈昨天又给我买了一些辅导书，还帮我检查作业了呢！"这时我的心里就十分嫉妒，还有些恼火。妈妈的确给了我足够的自由，可是为什么我反而觉得她不关心我呢？由于当时正是心理叛逆的时期，我便不再认真学习，整天看电视，上课有时也在做些无关紧要的事，以致我的成绩迅速下滑。老师和同学们对此都十分不解，为什么一向被他们视作好学生的我，学习态度会发生这么大的改变？尽管妈妈对此表现出了相当的失望，但她只是语重心长地教育了我几句，并未严加约束我。我觉得自己并没能达到预期的目的，于是只得乖乖地学习。

这后来，我和妈妈一直维持着"不冷不热"的关系，但其实在无形之中，我已经把妈妈给我的自由当成了一种习惯。这种习惯，正是妈妈给予我的宽容无私的爱。而我真正地发现这种爱，是由于另外一件事。

这天，我对妈妈说我五一假期时想请同学到家里来玩，本以为她会以我即将考高中为由拒绝，没想到妈妈欣然同意了。她特意腾出一天的时间陪我买零食，买水果，并把家里收拾得干干净净，还再三叮嘱我一定要好好地招待同学，这让我颇为感动。同学到了我家，羡慕地对我说："你妈妈真好，哪像我妈，每天都催着我做一大堆作业，就连今天到你家来玩儿，都是我骗她说要去同学家讨论问题她才让我来的。"我心中暗暗吃惊，但还是说："那是你妈妈关心你的学习。""可是我的压力太大了，她这是不信任我。说实话，我真的好羡慕你。"同学颇为难过地说。这时我如梦方醒，原来妈妈一直给了我最好的关心，那就是信任与理解。虽然我心里明白了这一点，但我并没有向妈妈表达过感激之情。

后来到了母亲节的时候，学校要求每个学生送给母亲一件礼物。我本来不喜欢这些活动，后来觉得自己之前做得也不对，不如就送母亲一件礼物吧。于是我亲手做了一张贺卡，称不上精美，只是简单地写了几句对妈妈表示感激的话，然后把它放在了妈妈的枕头旁边。妈妈看到后十分感动，但本以为她夸我几句这件事情就过去了，可是后来我发现好多邻居都知道了这件事。原来妈妈像个小孩子一样，拿着这张贺卡在众邻居面前炫耀。这时我才发现，我为妈妈做得太少了，小小的一张贺卡就能让她有如此大的满足感。

　　渐渐地，我学会了理解妈妈，我们也如无话不谈的朋友一般。但我还是无法明白亲情的真谛。我心中十分困惑，比如：亲情与友情究竟有什么区别？友情有时会随着时间和距离的变长而由浓转淡，亲情是否也是这样呢？我知道应该不是，因为当亲情都已经变成了一种习惯，它肯定不是能够轻易淡化的。可是亲情究竟是怎样的一种习惯呢？

　　有一次，我们从姥姥家回去，我们的车已经开出了大门，可我回头看时，发现姥姥仍站在窗前目送我们离开。我心里顿时咯噔一下，心想：我出门时，妈妈会不会也一直这样目送我啊？我决定在某一天特意看一下。于是一天早晨，我早早出了门，在外面走了几分钟，然后装作忘了拿书慌慌张张地跑了回去，没想到妈妈果然还站在大门口！看到我突然回来，她显然还没反应过来，显得有点尴尬，我连忙装作什么也不知道地问她："你是不是刚倒垃圾回来？"她急急地点头说是。于是我进屋拿了本书，假装什么事都没有发生，跟她又一次说了再见就走了。但这时我心里早已不如开始般平静，一种又甜又酸的感觉在我心中蔓延。

　　原来这就是我一直当做习惯、视而不见的母爱！从这以后，我总是让妈妈先进门去我才离开，但是我知道，当我一转身，妈妈又会从屋里出来，站在门口或窗前目送我上学。我也不再去阻止她，因为只有这样，她才会放心地去干别的事情。有时我会回头冲她笑一笑，开始她还是有些尴尬，可是后来她也习惯了我的笑容，我想这也算是我回报给她的亲情吧！这样我们两个都会感到幸福与快乐。

　　当母爱已成为一种习惯，很多人都难以发现它，当某一天你猛然意识到这一习惯时，你也会意识到自己已经得到的太多，而付出的却那么少。所以，每个人都应该认真审视一下自己所得到的一切，以免以后想回报也来不及了。正如亲情，尤其是母爱，虽然无论你怎样做都抵不上母亲给你的爱，可是一个微笑，一张贺卡，都会让母亲幸福很久。

也许我现在仍没有意识到母爱最深刻的内涵，也许我永远都找不到母爱辽远的边际，但我已经试着去感激母亲。我希望有一天，妈妈会把我对她的亲情也当成一种习惯。

妈妈睡着了

◆文/谢志强

面对妈妈的遗体，我蓦然想到，我还没见过妈妈睡觉的样子。

我念小学，贪玩贪睡。我喜欢春天的树林，树枝丫上有着无数个雀巢。掏鸟蛋，那带刺的沙枣枝刮破了我的衣裤。农场的连队过了熄灯的时间便断电，妈妈坐在煤油灯前缝补我那衣裤的豁口。我看着映在土坯屋墙壁上妈妈的巨型身影，我一觉睡到天亮。

我进了初中，学校离连队远了。家里没有闹钟，妈妈便是闹钟。天蒙蒙亮，妈妈唤醒我。我吃了焐在锅里的馒头、稀饭，背着书包踏上了前往场部中学的机耕路。刮风下雨，妈妈总是那句话：太阳要晒到屁股了，快去上学了。

妈妈的眼里，太阳永远不落。后来，高中毕业，我立誓到最远最苦的连队去——沙漠边缘新建的连队。妈妈瞒着我去场部劳资科，留我在父母身旁，理由是身体单薄。那时，大田劳作是拔草、挖渠，累得散骨架。妈妈在出工钟声响起前半个钟头叫醒我，她从连队的伙房打来了早餐。妈妈还是那句话：太阳要晒到屁股了，快起来上工了。

我真想再睡一会儿，特别是隆冬，零下二三十度，我老是赖在被窝里，妈妈替我担心，说："连长站在桥头呢，你可不要当全连的尾巴。"我干活很掏力，年终场部通令嘉奖，仿佛嘉奖的是妈妈，她乐得合不拢嘴。

后来，我读师范，进了城。妈妈托连队的驾驶员大老陈捎来哈密瓜，有一回，她竟然搭乘车来看望我，我在睡懒觉。妈妈说："太阳要晒到屁股了，快起来读书。"

我说："妈，今天是礼拜天，难得睡个懒觉。"妈妈就疼惜我瘦了。妈妈的眼里，我永远是个孩子。毕业分配，我留在阿克苏市区教书。妈妈赶来照顾我，她还是早晨唤醒我，说："太阳要晒到屁股了，快起来，学生在等你上课呢。"

我的时间、方位感差，大概是长期依赖妈妈的结果吧。那天下雪，是鹅毛大雪，可我还是按照出了暖洋洋的太阳那样的装束出了寝室。我返回来穿衣取伞，我笑着说："妈，你谎报军情。"

妈妈说："话挂了那么多年，说顺嘴了。"我结婚，里里外外是妈妈操持，奔忙。那天，我回家，看着妈妈坐在沙发椅上，深陷在里面，她闭着眼，确实累了，眼角新增了鱼尾纹。她还是警觉地醒了，似乎有点不好意思。

我说："妈，你上床睡一会儿嘛，这样会着凉。"

她说："好了，打了个盹，很管用，我到底老了。"

有了个女儿，妈妈欢喜地当了奶奶，托儿所接送，她全包了。早晨，听她喊过我，又催我的女儿，说："太阳公公要晒你屁股蛋蛋了，快起来上托儿所了。"

女儿看看窗外，说："太阳公公还在睡觉呢。"

沙漠边缘的城市，春季风沙狂妄，挡住了太阳。现在，我的女儿也出嫁了，可我睡懒觉的习惯还是保持了下来，大概总有妈妈替我掌握时间。妈妈还是那样喊：太阳要晒到屁股了，别迟到了。

我已经调到机关。日出日落，我过去的岁月，我现在的生活，都这样周而复始，妈妈的口吻里，每天出的太阳都是那么新鲜，那么热烈。可生命就这样无声无息地流逝。

我望着妈妈安详的表情，这是我唯一也是最后一回，看到妈妈睡着的样子。我真希望她起身，喊一句："太阳要晒到屁股了，快起来吧。"我在心里喊：太阳要晒到屁股了，快起来吧，快起来吧。妈妈睡得那么深沉，似乎她一生的睡眠都集中起来了。

这天，天阴，阴沉的天空兆示着未来的一场雨。可我还是相信太阳一定露面，那样，妈妈就起来了，像那次她在沙发椅打了个盹儿。我默默地伫立着，生怕惊扰她一样默默地伫立着。

面驹驹

◆文/修祥明

这是一个农历四月的早晨。阴云像怪兽一样一群群走过，阳光不时地从云缝里漏下来，就像金色的雨脚无声地撒落着。云走日光也跟着走，村东那五间草屋像条阴冷的船儿在云影里颠簸着。

屋里，一家四口人正在吃早饭。饭极简单：一钵子熟地瓜干，一盆热开水，一碗咸菜条儿。这样的饭一年到头能吃饱，一家人就算烧高香了。

爹死得早，娘拉扯着三个儿过日子。兄弟三人都上学了。娘坐在那里一边看他们吃，一边往他们面前拨地瓜干，往他们的碗里舀热水。

见兄弟三人搁下碗和筷子，娘对他们招了招手说："都坐那里别动弹，我给你们拿样好东西吃！"

兄弟三人瞅瞅饭桌，饭桌上除了给娘留的地瓜干、热开水和咸菜条，什么好吃的也没有。饭锅刷得干干净净，连滴水珠也见不着。

娘转到锅灶前，用烧火棍从锅灶里掏出个面驹驹。面驹驹是用白面做的，先用锅灶里的明火烧，然后用热灰焙熟的，面驹驹外焦里软，一咬一股子热气，喷香喷香的。有首歌谣是这样唱的：

天上有颗红月亮

地下有个面驹驹

月亮圆

面驹驹香

吃着面驹驹赏月亮

月亮像亲戚

面驹驹是爹娘

一个面驹驹少说要用半斤白面。往常，只有谁过生日或者逢上节日做不出顿像样的饭，或者兄弟三人谁病了，娘才会烧个面驹驹给他们吃。今日是四月十五，不是节，也不是家里人过生日，兄弟三人谁也没得病，娘怎么舍得烧个面驹驹呢？

兄弟三人就愣愣地望着娘。

娘把面驹驹上面的热灰弹了去。面驹驹被弹得砰砰响，就像小马驹哼哼地叫着似的。弹完灰，娘要掰开分给他们兄弟三人吃。

小儿扯着娘的胳膊问："娘，你为什么今天烧面驹驹给俺吃？"

娘瞅着天上的阴云说："今日我要到灵山上去砸石子，晌午饭得你们自己做了。早晨饭你们吃饱了，我在山上才放心。早给你们吃，又怕你们吃不下地瓜干去。"

灵山离村十里远。砸石子的活又脏又累。

大儿说："娘，您把面驹驹带着当晌午饭吧。"

娘摇头说："不用，我带地瓜干就行了。"

二儿说："带地瓜干让人笑话，娘。"

娘瞅着他们兄弟三人说："孩子，只要你们三个能吃饱吃好，下地狱我都愿意，谁笑话我都不怕。趁热把它吃了吧。别耽误去上学。"

大儿把面驹驹从娘的手里夺过去："娘，还是你带着吧，俺三个都不吃它。"

娘急了，伸手去抢大儿手里的面驹驹："我不听你的，我带地瓜干就行了。"

大儿往后闪着说："娘，你不带着它，今晌午俺给你送到山上去。"

娘不再去夺了。娘是害怕了——娘怕嚷嚷下去耽误他们去上学。娘站在那里无奈地说："好，好，好，你们别到山上去，我带着它就是了。不过，晌午饭你们要吃饱了，山上的槐花开了，我撸些来家做给你们吃。"

这功夫，二儿已用小手巾把那个面驹驹包好塞到娘的手里。

怕娘把面驹驹放家里，兄弟三人把娘送到村外去，才拔腿往各自的学校里跑……

日头像堆烧透的火炭在西天边上熄灭了。月亮像个红灯笼一样挂在灵山的树梢上。

兄弟三人做好了饭，娘还没有回来。三人走出村要去接娘，迎面走来的人说，娘马上就到了。

兄弟三人跑回家，大儿往桌上端饭，二儿给娘舀了盆洗脸水，拿来胰子和毛巾站在那里等着娘。小儿在饭桌旁摆好兄弟三人坐的草墩，专门给娘摆了个软软和和的蒲团。

娘披着月光回来了。娘剜了满满一筐子野菜。娘的脸、脖颈儿和身上有一层砸石子时落上的石末子。娘的头发里还夹着一些小石片。娘先到天井用黍苗笤帚把身上的灰土扫了去，然后娘回到屋里坐在蒲团上往外拿野菜。

二儿说："娘，你洗脸吃饭吧。"

"不急。"娘甜美地笑着往外拿野菜。娘的笑容比月光还美哩。

兄弟三人围到娘的身旁来。大儿从娘的头发里往下拾小石片，二儿用湿毛巾给娘擦着脖颈儿和脸，小儿就帮着娘往外拿野菜。

拿完野菜，露出筐子里头白白的槐花来。小儿高兴地抓起一些槐花填到嘴里嚼着说："嘿，真甜！真甜！"

娘将小儿又抓起的槐花夺下说："别生吃，明早晨我做槐花馍给你们吃。"说着，娘从槐花里掏出了那块小手巾。娘解开小手巾，满面笑容地拿出那个面驹驹。娘一口也没吃那个面驹驹。

兄弟三人瞅着面驹驹，再瞅着娘，眼中就渗出豆大的泪珠儿。

抹了把泪，大儿问："娘，你今晌午吃的什么饭？"

娘抓了把槐花填到嘴里嚼着说："山上的槐花开得遮天蔽日的，我就这么一把一把地撸着吃饱了。好了，这遭你们放心了吧，快把面驹驹分开吃了吧。"

"娘。"兄弟三人抱着娘放声哭起来——此刻，他们真想将娘的胸脯撕开来，把那些槐花掏出来，将这个面驹驹塞进去……

夜，裹着月色睡着了。摇曳的灯影下，面驹驹像匹真的小马驹在那里喘气儿。五间草屋泊在温暖的日子里。

"无价"保姆

◆文/范　进

眼看妻子的产假将满，年幼的儿子急需找人照应。

妻是外地人，她的父母是指望不上了；我虽出生在本市，但父母居住在四十里外的乡下，且他们年事已高。思虑再三，我和妻商定，干脆花钱雇个保姆得了。

当日，我就在自己供职的晚报中缝登了一则招聘启事：

急需保姆一名，身体健康，有带小孩经验，月薪三百元，包吃住。

果然，报纸摆上报摊两个小时不到，就有人打来电话。对方是一名三十几岁的大嫂，她在详细询问了我家住址和宝宝的出生时间后，最终抛出自己的条件：一是三百元报酬太低，要求涨到三百五十元；二是声明双休日同样放她假。天哪，把我们当作什么人了？我们夫妇俩可都是工薪阶层啊。而且，我和妻周六、周日单位加班是常事，到时候宝宝往哪里送？

接下来的几天，又有许多电话打进，姑娘、大嫂、阿姨……什么样的人都有。有农村小姑娘提出，做保姆可以，但三年期满后得帮着在城里找工作；有下岗女工要求，做保姆可以，但只管带小孩不管洗衣、烧饭等家务；有退休老阿姨坚持，做保姆可以，但只限白天夜间不问……更多的人只是问问情况，便以"考虑考虑再说"告终。

一个星期过去了，找保姆的事毫无进展。我与妻急得焦头烂额。

星期一上午，我心事重重地走进办公室。同事小李神秘地告诉我，"刚才有一个老阿姨打进电话，说愿意到你家做保姆，不要一分钱报酬，只管吃住就行。"

还有这等好事？我既惊喜又疑惑。办公室里的气氛开始活跃起来，同事们就此展开了充分的想象。有的说，老阿姨是个菩萨心肠活雷锋；有的说，老阿姨可能没有子女，她是想体验一下做奶奶的乐趣；小李的猜测最离谱：老阿姨说不定是老范编的《银发世界》版的忠实读者，她这是在追星呢……

"对了，她说过怎么联系没有？"我差点把正经的事忘了。

小李似乎还陶醉在自己的奇思妙想中，"让你九点钟到三路公交车站接她。"

管她是谁，只要乐意带小孩就行。我一路吹着口哨，自行车蹬得像要飞起来似的。离三路公交车站还有五六十米，我就在熙熙攘攘的人群中寻觅目标，"粗心的老阿姨，怎么忘了说她长得什么样，穿什么样的衣服？"正当我懊恼之时，突然一个熟悉的身影映入眼帘：花白的头发，满脸的皱纹，脚下的篮子里是一捆捆沾着新鲜泥屑的青菜、葱、大蒜……

啊！我的娘？！

感谢母爱

◆文/向巴玉珍

春再次悄无声息地来到我的身旁，那样的温暖、舒心。伴着迎春花沁人心脾的香味，那首歌再次荡起我心湖的波纹——"羊羔花儿盛开的草原，是我出生的地方，妈妈温暖的羊皮袄夜夜覆盖着我的梦，喝一碗奶茶滚烫得像妈妈的话，多少年在陪伴着我的旅途，遥望白云深处的帐篷，搭在我的心里，帐篷前妈妈望穿的岁月，告诉我勇敢向前。"

著名藏族歌手亚东略显沧桑的声音唱响了这首《献给阿妈的歌》，每次听到这首歌，我的眼前总会浮现出这样一幅画面：夕阳映红了天边的白云，巍峨的雪山泛出柔美的红光，一只鹰寂寞地盘旋在高高的蓝天，弯弯曲曲的溪水顺着山脚，绕过了故乡的田野，灰色小路上牛儿悠悠地踏着回家的路；母亲，一身黑色的藏袍伫立在飘扬的经幡下，手中摇动着的转经筒轻轻地画出道道弧线，一圈又一圈地记录着母亲对我的无尽思念与祈祷。

小学毕业后，就远离故乡到异地念书，那时的我还只是一个懵懂的小孩，不能深刻懂得思念的沉重与辛酸，虽然也会在受到委屈或感到孤单时牵挂起母亲，也会把自己与"任雨打湿的浮萍，被风吹散的蒲公英，或是茫茫大海上的一叶扁舟"联系，但，终究是少年不知愁滋味呀！在大部分的时间里心总是那样舒坦，玩着，闹着，笑着，无忧无虑，无牵无挂。完全沉浸在异乡新鲜的生活环境中，日子就这么一天天地过去，校园花坛里的花开了又谢，道路两旁的柳叶黄了又绿，年轻的我在阳光下幸福地成长着。然而，母亲的白发与皱纹也是在这段岁月与对我的担忧中迅速增多着，当然，这一切只是到后来我才慢慢感悟到的。记得那时给家里打电话，母亲总是不厌其烦地问我有没有生病，有没有吃饱穿暖，似乎哪句话都围绕着这个主题，每回此时，我都会很不耐烦地用最简单的，最单薄的字眼去应付，完了，就挂掉，一溜烟跑掉了，不曾想到母亲竟会依依不舍地放下话筒，久久地坐在电话机旁，思量着还有什么话没说到，下回该叮嘱些什么。我那可爱的母亲，一位普普通通、简简单单的藏族农家妇女，她没有过人的本领，她没有渊博的知识，甚至是最简单的字她都不认得，一辈子在同一个地方生活着。也正因为这些，母亲得要加倍地为我的远出担惊受怕着，我不知道母亲有多少次是在睡梦中惊醒，更不知道有多少次拭去面颊上的泪水；有时候，母亲实在忍不住了，就会在电话中感慨地说："当初真不该让你到那么远的地方去呀！"而这时候，我竟有一种幸灾乐祸的感觉，想到我当初哭着说我不想去时母亲坚定地把我送上车的情形，我的心里莫名升起一种胜利后的喜悦，我用我的无知亵渎了母亲对我深挚的爱。

初中毕业回到母亲身边，那天阳光明媚，家门前的那条溪水欢快地唱着歌儿，似乎是在迎接我的到来……隔岸出现了人影，背明显弯了，凌乱的头发上还粘着麦草，微微抬起的手不再那么柔韧了，鼻子忽然酸了，我提起行李，过了桥，母亲咬着嘴唇微微笑着，布满皱纹的额头上还挂着汗珠，她提起藏袍的一角快速地擦了擦手，然后张开双手："还在地里干活呢！以为汽车会晚点到。"我钻进母亲的怀里，眼泪不听话地流了出来。举目望去，门前的大树仍然那么茂密，屋后的山坡还是那么青翠，甚至是窗台上花盆里的花依旧那么熟悉地向我微笑着，似乎岁月的脚印全部留在母亲身上了，从头发到额头到眼睛到手到腰到腿，是岁月不饶人吗？可恨的岁月竟这样无情地剥蚀了母亲。

有人说过，远去归来的孩子在家总会受到客人般的待遇，母亲什么事都不让我做，客客气气地问我吃什么，喝什么，就连几声唠叨都是那么温柔，似乎全部都变了，啊！不！有一样东西没变，那份对子女的爱没变，不管孩子多大了，也不管孩子是什么身份，在母亲眼中，孩子始终是那个需要她呵护的孩子，问需问暖间尽是深挚的母爱。

山峦始终如一地环抱着小村庄，不让它受到洪水的冲刷，狂风的席卷，默默地驻扎在它的四周，坚定而执著；但它又不会禁锢村庄，它忍着剧痛，撕开被风吹蚀过的脊背，给村庄打通了一道伸向远方的门，微笑着迎接曙光来照耀小村庄的一草一木。

以为母亲不会再受得了聚少离多担惊受怕的日子，以为她不会让我远离她的怀抱，但，当得知我又有机会去更好的地方念书时，母亲仍旧仔细地为我收拾着行李，到了车站，她又一次很正式地给我献上一条洁白的哈达，并说上一句"愿我女儿平安"的祝词，上了车，隔着车窗，我看见母亲微微地笑着，轻轻地朝我点着头，似乎在提醒我"去吧，家里有母亲，什么都不用担心"，车窗外的人影越来越模糊了，可心里定格着的那双坚定安详而又寄托着希望的眼神却越来越清晰了，它像一道阳光温暖着我的心。

"羊羔花儿盛开的草原……告诉我勇敢向前"。我好多次都咀嚼着这段歌词，每每此时我的心中都有一股感动席卷全身，感动于母亲无微不至的关怀。有那么一句谚语："上帝不能无处不在，因此他创造了母亲。"是啊，母亲虔诚的祈祷，母亲熟悉的身影，母亲慈祥的眼神，母亲深沉的爱，每时每刻都伴在我的身旁。

没有离别时的痛苦，哪能享受到相聚时的喜悦呢？没有离开母亲的怀抱，怎么能这么深切地体会到母亲深挚的爱呢？尽管天各一方的距离剥夺了许多在母亲怀里撒娇的时光，但，要是时光倒流，让我再次选择去留的话，我仍会毫不犹豫地选择离开母亲温暖的怀抱。因为离开了，才真正懂得那份爱的可贵，才真正理解母亲的良苦用心，才真正感受到幸福的亲临。想想，如果我一直生活在母亲的羽翼下，那么，我也许会忽略掉这份爱，也许会无知地抱怨着这份爱。

感谢母亲强忍着辛酸，放开手，让我走出温暖的怀抱，可怜天下父母心，没有哪个父母不愿让儿女留在自己的身边，我知道分离的这段时间里母亲的心饱经忧伤；不是岁月太狠心，而是母亲的思念太浓，担心太多，忧虑太重，爱太深，情太切，这一切使得母亲比同龄人更显苍老了，感谢母亲忍受着这种种的痛，让我去追求幸福。

夜深人静的时候，风又一次袭来，树叶簌簌地往下掉落，和着风声，似乎听到有谁在抽泣，难道是树干为与树叶分离而哭泣？然而，当太阳再次从东方冉冉升起时，看到树干依然挺立着，没有一丝的消沉，把根深深埋在泥土里，坚定而安详，因为它知道，它必须得坚强地笑着，执著地活着，它的坚强与执著会给叶带去温暖，带去希望。

总是在伤心难过时，见到了母亲的微笑；总是在遇到挫折时，听到了母亲的祝福，勇敢地向前吧！我相信，不管遇到多大的困难，母亲总会伴着我，即使岁月不饶人，但母亲的爱永远生机盎然。

西瓜与母亲

◆文/魏永贵

回老家乡下看父母，路过县城我买了一只西瓜。那种有翠绿花纹的西瓜。

母亲接过大西瓜，很小心地在怀里掂了掂，说，怕有十一二斤吧。

我说十三斤半。母亲说，人家肯定"却"了你这个眼镜的秤。

老家人把短斤少两称为"却"，母亲的手一向是很有准头的。

母亲又问多少钱一斤，我说一元钱一斤。

其实是一元五一斤，我怕母亲心疼。西瓜上市不久，价特高。

母亲立即啧啧了几声，说，十三块五，能买两三斤花生油，还能点一个月的电，就是一泡甜水，啧啧，太贵了。我庆幸自己没说实价。

母亲随后把西瓜切成了有棱有角的一块一块，她把中间瓜肉最鲜的两块硬递给了我和妻子。我要给父亲，母亲说，他牙疼，太甜的吃不了。我啃着又甜又沙的西瓜瓤，却看见母亲手里端着西瓜的边边角角，似乎还不舍得下口。

吃饭的时候母亲从灶屋出来把最后一个菜端上桌，放在了自己面前。

那是一盘青白相间的清炒。

妻子吃不惯老家辛辣油腻的东西，看见青菜，急忙伸出筷子。筷子刚到盘子上，筷子尖儿已经碰着了菜，母亲急忙用自己的筷子把妻的筷子拨开了。

轻轻地一拨，一边笑眯眯地瞅着妻。

妻很是疑惑，收回了筷子。毫无疑问，母亲不让她吃这个菜。

我忍不住问，这是什么菜？一边的妹妹笑了。母亲使着眼色似乎不要妹妹说。我偷偷夹了一筷子，放在嘴里，轻轻地嚼。类似黄瓜、瓠子的东西，有一丝淡淡的甜的味道。妹妹笑着说，尝出来了没有？这是西瓜。

西瓜？西瓜也能当菜炒？我傻傻地问。妹妹说，是吃了瓜肉去了瓜皮的瓜白。

呵呵，原来是母亲变废为宝啊。我和妻都悄悄笑了。

母亲说，这个菜清淡，正适合我的胃口。母亲几年前胆囊切除，吃不了油腻的东西。

我又夹了一筷子，一边对母亲说，好吃。

我边吃边笑着说，这瓜瓤瓜白都派上了用场，就剩了瓜皮了。妹妹看着母亲，说，哪里剩呀，她才不舍得扔，瓜皮剁碎了拌着米糠喂猪了。

母亲就在桌子的一角微微地笑。

几天后我和妻离开老家踏上了回程。在村头的公路上，临上车了，母亲往我的行李箱里塞了一包用报纸包着的东西。我来不及打开，车就开了。

后来，直到坐上了哐当哐当的火车，我才想起这包东西。

我取出了它，慢慢打开。

一堆聚在一起的瓜子。黑黑的瓜子上有零星的盐花儿浮着，像一层薄薄的雪。

西瓜子。那是母亲淘洗干净又烘干后精心炒的。

以前在家的时候母亲也是这样炒南瓜子的。

我这才想起，那天吃西瓜的时候，母亲弯着有些驼背的腰，从地上一粒一粒捡起西瓜子的情景。当时我还很疑惑，母亲为什么不直接用笤帚把这些撒落的瓜子扫走。

我嚼了一颗，淡淡的香，淡淡的咸。

妻子也一颗一颗地嚼。我看见她的眼眶，有小小的泪花在闪。

母亲的故事

◆文/佚 名

父亲曾经给我讲过一个故事，一个关于母亲的故事。

"你小的时候，三天两头闹病。"那是一天晚上，刚吃过晚饭，父亲点燃了一支香烟，美美地吸了一口，看了看忙碌的母亲，又看了看我，然后开始他的讲述。

母亲嗔怪地看了一眼父亲，说："没啥好讲的，别说了。"

父亲固执地摇摇头，继续讲下去："有一次，你又发烧了，烧得半夜直说胡话。你母亲急得不行，非让我骑着车子送你去医院！"

"那时候，你还小，也就是两三岁吧……"

"是三岁零一个月。"母亲一边忙着洗刷碗筷，一边为父亲补充。

"对，对。是三岁零一个月。"父亲点了点头，继续说，"你母亲抱着你，坐在车的后座上，我一手扶着车把，另一只手打个手电筒。幸好那是夏天的夜晚，天并不是很冷。"

"那时候，路不好走。一到骑不动的地方，你母亲就得下来走几步。"

"有一次，你母亲刚从车上下来，没走几步，就被一块石头绊倒了。"

"啊！"听到这里，我忍不住惊呼一声。

"你母亲是朝前跌倒的，跌下去时，胳膊肘先着地。那条路上净是石头蛋子，你母亲的胳膊肘磕破了，她疼得'啊'了一声。我急忙放好车子，转回身去扶她。可她已经敏捷地站起来了，还非常敏捷地把从手臂中滚出来的你抱了起来。"

"我怎么没哭呢？"

"傻孩子，那会儿你正烧得满嘴说胡话呢！"母亲微笑着说。

"其实你一点儿也没受到损伤。"父亲接着说。

"母亲不是抱着我摔倒的么？"

"是的。可你忘了你母亲是用胳膊肘先着地的。"父亲顿了顿，缓缓地说，"她是怕摔着你！你母亲把你抱起来以后，没有急着上车，而是把你的头、身、脚、手挨个地方摸了摸，看有没有什么地方磕破了！"

我说："母亲不知道我其实并没被摔着么？"

"知道，知道。"父亲说，"可她就是不放心，非要摸过一遍才放心！"父亲说着，无可奈何地看了看坐在一旁的母亲。

母亲不好意思地笑了。

"突然，你母亲发出一声惊叫。原来她在你的衣服上摸到了黏糊糊的血！"

"噢？——"我惊奇地瞪大眼睛，"怎么会呢？"

"你母亲的手立刻颤抖起来，重新更仔细地把你的全身摸了一遍。"

"找到血从哪儿流出来的吗？"我着急地问父亲。

"没有。你母亲摸到第三遍的时候，才突然醒悟似的'噢'了一声，随后就舒心地笑了起来。原来她终于找到血从哪儿流出来的了。"

"从哪儿流出来的？"我迫不及待地问父亲。

"从你母亲的胳膊肘上！"父亲缓缓地说，"她抬起手臂，在手电筒的照射下，我看到皮肤已经磕烂，血黏着沙土，当中隐隐露出一点白——那是肘骨。"父亲的眼圈红了，"她伤得不轻。"

我的泪水一下子就流了出来。

一碗鸡肉

◆文/佚　名

恢复高考的第二年，我考取了北方一所名牌大学，成了全乡有史以来的第一个大学生。

临上学的头天晚上，和父亲收工回来时，我闻到一股香味儿，弟弟还没等我进屋便告诉我："娘杀了鸡，今晚给你吃肉。"年幼的妹妹在一旁抢着说："娘给我们说了，这只鸡只让你一个人吃，说你给我们吃，我们也不能要。"妹妹边说边咽口水。

我知道，家里那只母鸡每天生个蛋，一切的生活开销都靠它。走进厨房，我看见母亲坐在灶膛口一边往灶里加柴，一边抹眼泪。我说："娘，你不该把鸡杀了。"母亲说："我儿有了出息，明天就要出远门了，你不吃好一点，娘心里难受。"

吃饭时，母亲把鸡肉盛在一个大碗里，端到了我面前，桌子中间大家的菜碗里只盛了些汤。母亲说："趁热吃吧，看你这样瘦，该补一补身体，读大学还要用功呢。"我用筷子给低头扒饭的父亲夹了一个鸡腿，父亲把鸡腿退了回来，我又将另一只鸡腿夹给母亲，母亲一躲，鸡腿掉在了地上，母亲赶快把它捡起来，洗净后又放进我的碗里，说："这鸡是煮给你吃的，别夹来夹去的。"面对满满一大碗鸡肉，我怎么也动不了筷子。踌躇间，我看见弟弟和妹妹在盛汤的碗里搅捞，就把我跟前的碗推到桌子中间说："你俩都来吃。"弟弟伸出筷子夹了一块鸡肉，小心翼翼地看了母亲一眼，见母亲正用眼瞪他，就赶快把那块肉放回碗里，于是，妹妹刚伸出的筷子也缩了回去。我难受极了，给弟弟和妹妹的碗里都夹去两块鸡肉，他俩都把肉夹回了碗里，很懂事地拿起勺子舀汤喝。弟弟边喝汤边说："鸡肉塞牙缝，我喜欢喝汤。"妹妹也跟着说："我也喜欢喝汤，不喜欢吃鸡肉。"我的眼泪流了出来，对母亲说："娘，你就让弟妹一块儿吃吧，我一个人怎么吃得下？"母亲只好应允道："你们两个也吃一点吧，往后像你大哥一样考上大学，我还给你们杀鸡吃。"

这时，屋外突然刮起了大风，瓦屋顶上滴答滴答地响起了雨点，我家场院里的玉米棒眼看就要被大雨淋湿，我们赶忙出去抢收玉米。忙完回到屋里，我们发现那碗鸡肉不见了，地上的碗摔成了碎块，家里的狗还在舔着残余的汤。

母亲急得直捶胸，心疼得直流泪，一个劲地责怪我不该推来推去，又骂弟弟和妹妹不该出去凑热闹，然后又责骂自己没有将那碗鸡肉放进碗柜里，末了又诅咒天不该下雨、狗太害人。

我劝母亲别生气，就当是我把鸡肉吃了，可是母亲怎么也想不通，一整晚都在唉声叹气。第二天一早，母亲送我时眼睛还是红肿的。临上车，母亲拉住我的手哽咽道："你走这么远，一点好的也没吃，娘心里难受，都怪我，呜……"说着就哭起来。

多年来，母亲对这件事心里一直有个疙瘩解不开，我明白，母亲心里的那个结，是她那深深的母爱。

寄　钱

◆文/白旭初

回乡办完父亲的丧事，成刚要母亲随他去长沙生活。母亲执意不肯，说乡下清静，城里太吵住不惯。成刚明白，母亲是舍不得丢下长眠地下的父亲，成刚临走时对母亲说，过去您总是不让我寄钱回来，今后我每月给您寄二百元生活费。母亲说，乡下开销不大，要寄寄一百元就够用了。

母亲住的村子十分偏僻，乡邮员一个月才来一两次。如今村里外出打工的人多了，留在家里的老人们时时盼望着远方的亲人的信息，因此乡邮员在村子里出现的日子是留守村民的节日。每回乡邮员一进村就被一群大妈大婶和老奶奶围住了，争先恐后地问有没有自家的邮件，然后又三五人聚在一起或传递自己的喜悦或分享他人的快乐。这天，乡邮员又来了。母亲正在屋后的菜园里割菜，邻居张大妈一连喊了几声，母亲才明白是叫自己，慌忙出门从乡邮员手里接过一张纸片，是汇款单。母亲脸上洋溢着喜悦，说是我儿子成刚寄来的。邻居张大妈夺过母亲手里的汇款单看了又看，羡慕得不得了，说，乖乖，二千四百元哩！人们闻声都聚拢来，这张高额汇款单像稀罕宝贝似的在大妈大婶们手里传来传去的，每个人都是一脸的钦羡。

母亲第一次收到儿子这么多钱，高兴得睡不着觉，半夜爬起来给儿子写信。母亲虽没上过学堂，但村小教师的父亲教她识得些字写得些字。母亲的信只有几行字，问成刚怎么寄这么多钱回来？说好一个月只寄一百元。成刚回信说，乡邮员一个月才去村里一两次，怕母亲不能及时收到生活费着急。成刚还说他工资不低，说好每个月寄二百元的，用不完娘放在手边也好应付急用呀。看了成刚的信，母亲甜甜地笑了。

过了几个月，成刚收到了母亲的来信，信只短短几句话，说成刚你不该把一年的生活费一次寄回来。明年寄钱一定要按月寄，一个月寄一次。

转眼间一年就过去了。成刚因单位一项工程工期紧脱不开身，原打算回老家看望母亲的，不能实现了。他本想按照母亲的嘱咐每月给母亲寄一次生活费，又担心忙忘了误事，只好又到邮局一次给母亲汇去二千四百元。二十多天后，成刚收到一张二千二百元的汇款单，汇款是母亲退回来的。成刚先是十分吃惊，后是百思不得其解，正要写信问问母亲却又收到了母亲的来信。母亲又一次在信上嘱咐说，要寄钱就按月给我寄，要不我一分钱也不要！

一天，成刚遇到了一个从家乡来长沙打工的老乡，成刚在招待老乡吃饭时，顺便问起了母亲的情况。老乡说，你母亲虽然孤单一人生活，但很快乐。尤其是乡邮员进村的日子，你母亲更是像过节日一样欢天喜地。收到你的汇款，她要高兴好几天哩。成刚听着听着已泪流满面，他明白了，母亲坚持要他每月给她寄一次钱，是为了一年能享受十二次快乐。母亲的心不在钱上，而在儿子身上。

母亲创造的奇迹

◆文/佚　名

她是拼上命也要做母亲的。

她的命原本就是捡来的。五年前，她25岁，本是生如夏花的璀璨年华，别的姑娘都谈婚论嫁了，而她，却面容发黄，身体枯瘦，像一株入冬后寒风吹萎了的秋菊。起初，她没在意，后来，肚子竟一天天鼓起来，上医院，才知道是肝出了严重的问题。

医生说，如果不接受肝移植，只能再活一个月。所幸，她的运气好，很快便有了合适的供体，手术也很成功——她的命保住了。

她是个女人，渡过险滩，生命的小船还得沿着原来的航向继续。两年前，她结婚，嫁为人妻。一年前，当她再次到医院进行手术后常规例行检查时，医生发现，她已经怀孕3个月了！

孕育生命，是一个女人对自己生命极限的一次挑战，更何况是她，一旦出现肝功能衰竭，死神将再次与她牵手。这一切，她当然懂得，但是，她真的想做母亲。需要付出什么代价，她都愿意，她要的，就是做一个母亲。

2004年3月18日，医生发现胎儿胎动明显减少，而她又患有胆汁淤积综合征，可能会导致胎儿猝死，医院当机立断给她做了剖腹产手术。是男孩，小猫一样脆弱的生命，体重仅2公斤，身长42厘米。虽然没有明显的畸形，但因为没有自主呼吸，随时可能出现脑损伤及肺出血，只好借助呼吸机来维持生命。

而这一切，她都不知情，因为她自己能否安全度过产后危险期，都还是个未知数。她要看孩子，丈夫和医生谎称，孩子早产，需要放在特护病房里监护。

自己不能去看孩子，她就天天催着丈夫替她去看。等丈夫回来了，她便不停地问，儿子长得什么样？到底像谁？他现在好不好？有一天，她说做梦梦见了儿子，但是，儿子不理她。

七天过去了，她一天天好起来，天天嚷着去看儿子。但孩子，仍然危在旦夕，情况没有一丝好转。怎么办呢？医生和丈夫都束手无策。只是，再不让她去看孩子，已经说不过去了。但愿，她是坚强的。

第八天，她来到了特护病房。看到氧气舱里，皱皱的、皮肤青紫的儿子浑身插满了管子，她无声地落泪了。病房里鸦雀无声，所有人都不知道该怎样安慰这个心碎的母亲，甚至不知道该怎样向她解释这一切。

她打开舱门，把手伸进去抚摸着儿子小小的身躯。一下一下，她小心翼翼地，像在抚摩一件爱不释手的稀世珍宝。那一刻，空气也仿佛凝固了。

突然间，奇迹出现了！出生后一直昏迷的婴儿，竟然在母亲温柔的抚触下第一次睁开了眼睛。医护人员欢呼雀跃着，那个七天来一边为儿子揪心一边又只能在妻子面前强颜欢笑的男人，此时此刻，泣不成声。而她，痴痴地、久久地与儿子的目光对视着。

第九天，婴儿脱离了呼吸机，生命体征开始恢复。

第十一天，婴儿从开始每天只能喝 2 毫升牛奶，发展到可以喝下 70 毫升牛奶。而且他的皮肤开始呈现正常婴儿一样的粉红色，自己会伸懒腰、打哈欠，四肢活动自如，哭声洪亮。

第十二天，她抱着她的儿子——她用命换来的儿子，她用爱唤醒的儿子，平安出院。当天各大报纸有消息说，全国首例肝移植后怀孕并生产的妈妈今日出院。她的名字叫罗吉伟，云南盐津人。每天都有类似的新闻，不过是在报纸上的一角，仿佛与我们的生活无关。但是，又有谁了解，在这背后，一个母亲所创造的生命奇迹。

母爱的披肩

◆文/佚 名

晚上，我带着母亲一起逛商场。在天河城，我看中了一件黑色羊毛花披肩，点缀着许多银色的珠片，华美得让人心醉。我顿时爱不释手。导购小姐亲切婉转的声音在耳边响起："小姐，这条披肩款式是意大利设计师设计的，很适合你的气质。今天刚好打折销售，才六百二十元。"母亲立即用家乡话惊呼起来："这么小小的东西值那么多钱呀！真不划算。"我也嫌贵，于是对小姐抱歉地一笑，放回了披肩。

路上，母亲还在唠叨："一条披肩竟要那么多钱，广州人的钱真不是钱。"打了一辈子毛衣的母亲当然无法理解一条名牌披肩的价值，我也懒得与她解释，解释了她也不会懂。"那种花形我也能钩，我明天就去买毛线，为你钩一件一样的。"

我一听，赶紧劝阻："妈，你好不容易来广州一趟，我准备这个周末带你四处转转，你就别找事累自己了。"

母亲说："广州有什么好玩的，车多人多，站在马路上我的心就发慌。那条披肩我看得出你很喜欢，正好我在这，可以为你钩织一件……"

母亲第二天就买回了毛线和珠片，说一定要在她有限的几天时间内为我钩织出一条完美的披肩。我劝不了她，只有取消了周末带她游广州的计划。几天后的一个下午，从公司下班后我信步迈进了商场。同所有女孩儿一样，逛商场、看美服是我乐此不疲的事。在"宝姿"女装专柜，我看上了一件白色的长裙。试穿后再也不愿脱下来，一咬牙，我把刚发的薪水递了过去。

我高兴地提着衣服回了家，告诉母亲只花了一百多元。晚上睡在床上，想象着明天女同事围上来的光鲜场面，欣喜不已……

第二天早晨起来，抖开裙子时我脸色大变，我冲着母亲嚷了起来："妈，你怎么把商标拆了，谁让你拆我衣服商标的？"母亲惊奇地望着我，小时候，她为了呵护我娇嫩的肌肤，我的每一件贴身衣服她都会小心地拆掉后颈的商标。她没有想到，她多年的习惯会让今天的我生了气。

母亲忐忑地望着我，问："怎么了，这个商标很重要吗？"我继续对母亲喊着："当然重要，你知道吗？这件衣服是名牌，花了我一千多块呢！如今商标没了，我公司的那些女孩儿还不笑话我是从街头小商店淘出来的便宜货？"我赌气地扔下衣服，没吃母亲买回的早餐，去了公司上班。

下班后回到宿舍，看到桌上母亲的留言：小颖，妈妈回家了。披肩我钩好了放在枕头边。另外抽屉里有我留下的五千元钱。以后花钱不要再大手大脚了，买一件衣服花了那么多钱，真浪费啊……

我的心猛地一抽，母亲走了，她那么爱我，我却让她带着伤心走了……

半个月后的公司联谊会上，我披上母亲为我钩织的披肩出现在众人面前。满场的女人望着我，眼里流露出羡慕的光芒。她们称赞着："这条披肩真漂亮，你是在哪家大商场买的啊？"我一犹豫，便如实回答："这不是买的，是我的母亲亲手为我钩织的。"

他们更加惊叹、艳羡，说："你母亲的手真巧，你太幸福了，有一位这么爱你的母亲，钩织这样一条披肩，要费多大的劲啊！"

我望着身上灿若星辰又纷繁复杂的披肩，想起了母亲埋头钩织几个日日夜夜，一种巨大的感激和骄傲从心田汹涌而来。我体会到了，原来母爱才是这世界上无与伦比的名牌……

三袋米的故事

◆文/佚　名

这是一个真实的故事。这是个特困家庭。儿子刚上小学时，父亲去世了。娘儿俩相互搀扶着，用一堆黄土轻轻送走了父亲。

母亲没改嫁，含辛茹苦地拉扯着儿子。那时村里没通电，儿子每晚在油灯下书声琅琅、写写画画，母亲拿着针线，轻轻、细细地将母爱密密缝进儿子的衣衫。日复一日，年复一年，当一张张奖状覆盖了两面斑驳陆离的土墙时，儿子也像春天的翠竹，噌噌地往上长。望着高出自己半头的儿子，母亲眼角的皱纹张满了笑意。

当满山的树木泛出秋意时，儿子考上了县重点一中。母亲却患上了严重的风湿病，干不了农活，有时连饭都吃不饱。那时的一中，学生每月都得带30斤米交给食堂。儿知道母亲拿不出，便说："娘，我要退学，帮你干农活。"母亲摸着儿的头，疼爱地说："你有这份心，娘打心眼儿里高兴，但书是非读不可。放心，娘生你，就有法子养你。你先到学校报名，我随后就送米去。"儿固执地说不，母亲说快去，儿还是说不，母亲挥起粗糙的巴掌，结实地甩在儿脸上，这是 16 岁的儿子第一次挨打……

儿终于上学去了，望着他远去的背影，母亲在默默沉思。

没多久，县一中的大食堂迎来了姗姗来迟的母亲，她一瘸一拐地挪进门，气喘吁吁地从肩上卸下一袋米。负责掌秤登记的熊师傅打开袋口，抓起一把米看了看，眉头就锁紧了，说："你们这些做家长的，总喜欢占点小便宜。你看看，这里有早稻、中稻、晚稻，还有细米，简直把我们食堂当杂米桶了。"这位母亲臊红了脸，连说对不起。熊师傅见状，没再说什么，收了。母亲又掏出一个小布包，说："大师傅，这是 5 元钱，我儿子这个月的生活费，麻烦您转给他。"熊师傅接过去，摇了摇，里面的硬币丁丁当当。他开玩笑说："怎么，你在街上卖茶叶蛋？"母亲的脸又红了，支吾着道个谢，一瘸一拐地走了。

又一个月初，这位母亲背着一袋米走进食堂。熊师傅照例开袋看米，眉头又锁紧，还是杂色米。他想，是不是上次没给这位母亲交代清楚，便一字一顿地对她说："不管什么米，我们都收。但品种要分开，千万不能混在一起，否则没法煮，煮出的饭也是夹生的。下次还这样，我就不收了。"母亲有些惶恐地请求道："大师傅，我家的米都是这样的，怎么办？"熊师傅哭笑不得，反问道："你家一亩田能种出百样米？真好笑。"遭此抢白，母亲不敢吱声，熊师傅也不再理她。

第三个月初，母亲又来了，熊师傅一看米，勃然大怒，用几乎失去理智的语气呵斥道："哎，我说你这个做妈的，怎么顽固不化呀？咋还是杂色米呢？你呀，今天是怎么背来的，还是怎样背回去！"

母亲似乎早有预料，双膝一弯，跪在熊师傅面前，两行热泪顺着凹陷无神的眼眶涌出："大师傅，我跟您实说了吧，这米是我讨……讨饭得来的啊！"熊师傅大吃一惊，眼睛瞪得溜圆，半晌说不出话。

母亲坐在地上，挽起裤腿，露出一双僵硬变形的腿，肿大成梭形……母亲抹了一把泪，说："我得了晚期风湿病，连走路都困难，更甭说种田了。儿子懂事，要退学帮我，被我一巴掌打到了学校……"

她又向熊师傅解释，她一直瞒着乡亲，更怕儿知道伤了他的自尊心。每天天蒙蒙亮，她就揣着空米袋，挂着棍子悄悄到十多里外的村子去讨饭，然后挨到天黑后才偷偷摸摸进村。她将讨来的米聚在一起，月初送到学校……母亲絮絮叨叨地说着，熊师傅早已潸然泪下。他扶起母亲，说："好妈妈啊，我马上去告诉校长，要学校给你家捐款。"母亲忙不迭地摇着手，说："别——别——，如果儿子知道娘讨饭供他上学，就毁了他的自尊心。影响他读书可不好。大师傅的好意我领了，求你为我保密，切记切记！"

母亲走了，一瘸一拐。

校长最终知道了这件事，不动声色，以特困生的名义减免了儿子三年的学费与生活费。三年后，儿子以627分的成绩考进了清华大学。欢送毕业生那天，县一中锣鼓喧天，校长特意将母亲的儿子请上主席台，更令人奇怪的是，台上还堆着三只鼓鼓囊囊的蛇皮袋。此时，熊师傅上台讲了母亲讨米供儿上学的故事，台下鸦雀无声。校长指着三只蛇皮袋，情绪激昂地说："这就是故事中的母亲讨得的三袋米，这是世上用金钱买不到的粮食。下面有请这位伟大的母亲上台。"

儿子疑惑地往后看，只见熊师傅扶着母亲正一步一步往台上挪。我们不知儿子那一刻在想什么，相信给他的那份震动绝不亚于惊涛骇浪。于是，人间最温暖的一幕亲情上演了，母子俩对视着，母亲的目光暖暖的、柔柔的，一绺儿有些花白的头发散乱地搭在额前，儿子猛扑上前，搂住她，号啕大哭："娘啊，我的娘啊……"

母爱使我更加坚强

◆文/佚　名

　　天气变冷了，轮椅的钢圈开始冰手了，就连洗尿布的水也变得刺骨般冰手。但是每天我依然沿着熟悉的马路，转动轮椅走上一个小时来到邮局门口。县城小，收藏的人不多，所以我每天尽可能多待一会儿，晚走一些，盼望能有人买我一枚像章或一个古币。往回走时，夕阳还在楼顶，放好东西，洗完尿布，收拾完一切，上床休息时，已经是该开灯的时候了。虽然辛苦，但是我很自豪，因为我能用自己赚的钱为母亲过一个快乐的生日。

　　母亲的生日又快到了，像往年一样，我早早地就把为母亲过生日买菜的钱准备好，单放到一边。哪怕一个月卖不出一枚像章、一个古币，我都不会动这里的一分钱。母亲是一个普普通通再平常不过的农村女人。如今年岁大了，头发白了，背驼了，眼花了，一只眼睛已经看不见东西了，胳膊和腿都伸不直了，就连手都有些不听使唤了。可是母亲每天仍然迈着蹒跚的脚步，屋里屋外忙个不停。望着她佝偻的背影，往事便不知不觉浮现在眼前，就像昨天刚刚发生的事情。

　　为了不让我们饿死，母亲曾要过饭。当时我和姐姐都还小，母亲就背一个抱一个。有一次经过一户人家时，一条大狗向我们凶狠地扑过来，母亲为了保护我和姐姐，至今左肋上还留有一个半尺长的伤疤。过年时为了能让我们每人穿上一件新衣服，母亲曾肩披一辫蒜，站到街上去卖。从日出站到日落，虽然一辫蒜换回了几尺布，但是母亲的嘴早已急出了水泡。

　　为了这个家，母亲打过柴，捡过庄稼，拾过剩菜，挖过冻土豆……现在说起来这些往事，只不过是上嘴皮碰下嘴皮的事，但对一个年轻的母亲来说，当时所做的一切是多么不容易呀！

我更忘不了我出车祸时，母亲对我无微不至的照料。那年冬天很冷，母亲每晚要起来为我翻身，下导尿管，烧暖屋子再活动腿。每次活动完腿，母亲都会累得满脸淌汗。顾不上喘口气，母亲擦把脸忙又去烧水，然后灌在葡萄糖瓶子里，为我暖脚。由于夜里起来次数多，母亲索性就穿着衣服睡觉。说是睡觉，不如说是打个盹更准确。整整一个多月，母亲从来没有脱下衣服睡个安稳觉。当时我的手还不能动，吃饭时，母亲就一勺一勺地喂我。等我吃饱了，她再拿起碗筷时，饭菜都已经凉了。邻居和亲友送来一些水果等好吃的，母亲从来舍不得动一口，全都留给我。有时候我排不下便，母亲就不嫌脏地一块一块往外抠。有时候坏肚子，把被褥又弄得一塌糊涂，母亲就又不厌其烦地一次次去洗。为我所做的每一件事，母亲从来不抱怨一句，并经常鼓励我要坚强。

门前是一个菜园，母亲就更加劳累了，除了照料我，每天还要侍弄这块菜园。春种时天气干旱，翻起的地块全是大坷垃，母亲就挑水浇地。一桶水浇下去，唰的一声便渗没了。浇透炕大的一块地方，要十多桶水。母亲身材矮小，扁担钩要绕两圈，才能让水桶离开地面。一担水落在母亲的肩上是那么不协调，背压弯得像扣着的锅底。走起路来摇摇晃晃，水不时从桶里溢了出来，落在腿上和脚面上。一镐一镐地备好垄，下好种，等种完这块菜园，先种的已经发芽破土了。每日锄草又是紧接着的功课，在去菜园锄草前，母亲都要先晒上一大盆水，中午为我擦澡。不知流了多少汗水，不知付出了多少辛劳，当第一个西红柿熟了的时候，母亲乐颠颠地摘了下来递到我面前。望着母亲干裂的嘴唇，我怎么也吃不下。母亲装作发怒的样子说道："你要是不吃我可生气了。"接过这个红艳艳亮晶晶还挂着水珠的西红柿，我悄悄转过身，伴着泪水咽了下去。就这样在母亲的精心照料下，我慢慢变胖了。凡来我家的人都夸我干净，他们却不知母亲在背后所做的一切。

如今我出来赚钱，但我时刻提醒自己：千万不要忘记伟大而无私奉献的母爱。我更深深地知道：我这只风筝不管飘向哪里，背后都有一根结实的丝线，那就是母亲长长的牵挂。亲人的爱，社会的爱，好心人的爱，朋友的爱……这些爱汇成强大的力量，让我坚强，不断推动我沿着新的人生轨道向前。

读懂母亲的"凶与狠"

◆文/廖　武

我清楚地记得，在我 9 岁以前，我的爸爸、妈妈都把我视若掌上明珠，我的生活无忧无虑，充满了欢乐。但自从我母亲和我父亲去了一趟武汉的某医院后，我的生活就大不如前了。

我的父母回来的时候是在晚上。说实在的，在我幼小的心灵中，我最喜欢的是我的妈妈。每次妈妈从外地回来，我都会娇模娇样地跑上去，张开双臂扑到她怀里要她抱，即使我 9 岁了，依然如此。

然而这次妈妈不仅没像以前那样揽我到怀里，抚摸和亲我，反而板着一张脸，像没看见我似的，她借着我奔过去的力量，用手将我扒拉开，把我扒到爸爸的腿跟前，她却径直往房里去了。我顿时傻了眼。打这以后的几天里，无论我上学回来，还是在家吃饭，妈妈见到我总是阴沉着脸，即使她在和别人说笑的时候，我挤到她跟前，她脸上的笑容也立刻就像肥皂泡一样消失了。

妈妈第一次打我，是在她回来的十多天后。那天中午我放学回来，妈妈竟然没有做饭。我以为妈妈不在家，便大声地喊妈妈。这时妈妈披散着零乱的头发从房里走了出来，恶声恶气地骂我，并掐着我的胳膊把我拖进屋里，要我自己烧饭。我望着一脸凶相的妈妈，嘤嘤地啜泣起来。哪知妈妈竟然拿起锅铲打我的屁股，还恶狠狠地说："不会烧，我教你！"她见我不动，又扬起锅铲把打了我一下，这时我发现她已气喘吁吁，好像要倒下去的样子，我开始有点儿自责了，也许是我把她气成这样的呢，于是我忙按照她的吩咐，淘米、洗菜、打开煤气罐……

这样，在她的"命令"下，我第一次做熟了饭。更使我不理解的是，她还"挑唆"爸爸少给我钱。以前我每天早餐是1元钱，中餐是1元钱，从那一天起，她将我的早餐减为5角钱，中午一分钱也不给。我说我早晨吃不饱，一天早晨我起码要吃两个馒头。她说原来她读书的时候，早餐只有2角钱。她还说饿了中午回来吃的才饱些，吃的才有滋味儿些，以后只给5角钱，叫我别再痴心妄想要1元钱。至于中午那1元钱，更不应该要，要去完全是吃零食，是浪费。这样，我每天只能得到5角钱了。特别是中午，别的小朋友都买点儿糖呀、瓜子呀什么的，而我只能远远地站在一边咽口水。

打这起，我恨起了妈妈，是她把我的经济来源掐断了，是她把我和小朋友们隔开了。我的苦难远不止于此。由于爸爸在外地工作，我只能和妈妈在一起。有好几次，我哭着要跟爸爸一起走，爸爸抚摸着我的头安慰我，他说他正在跑调动，还有一个月，他就能调回来了。不能跟爸爸走，在家只得受她的摆布了。又过了一段时间，妈妈她竟连菜也不做了。我哭着说我做不好菜，她又拿起锅铲打我，还骂我：你托生干什么，这不会做，那不会做，还不如当个猪狗畜生。在她的"指导"下，我又学会了调味，主要是放油盐酱醋，还有味精。爸爸只用很短的时间就把调动跑好了。那天他一回来就催促妈妈住进了医院，他也向单位请了长假。

妈妈住进医院的第一个星期天我去探望她。她住在县人民医院的传染病区。到病房后我看到妈妈正在输液，已经睡着了。爸爸轻轻走上前去，附在她的耳边说我来看她了。她马上睁开了眼睛，并要爸爸把她扶起来坐好。开始时她的脸上还有一丝笑意，继而脸变得乌黑并用手指着我："你给我滚，你快给我滚！"我本来就恨她，霎时，我想起了她对我的种种苛刻，马上头一扭，气冲冲地跑下了楼。我发誓今生再不要这个妈妈。3个月后妈妈死于肝癌。葬礼上，我没有流一滴泪。接灵的时候，要不是爸爸把我强按着跪在地上，我是不会下跪的。

3年后，我有了继母。尽管我的继母平时不大答理我，但我总觉得她比我的生身母亲好。关于我的早餐问题，那天我偷听到继母和我爸爸的谈话。爸爸坚持每天给我1元钱的早餐费，可继母说孩子大了，正是长身体的时候，每天给他2元钱的早餐费吧。第二天，我在拿钱的地方果然拿到了2元钱。

我开始喜欢我的继母了，除了她增加了我的早餐费这一层原因外，还有另一层原因：我每天放学回家，不用烧火做饭了。有时我的继母因工作忙，提前上班去了，她总给我留下饭和菜。有时尽管是剩菜，但我一点儿怨气也没有，比起我的生身母亲在世时，那种冷锅冷灶的景象不知要强多少倍。我讨继母的欢心是在她一次得感冒时，那天她烧得不轻，我去给她找了医生，看过病输过液后，她精神略显好转。之后，她强撑着下地做饭。我拦阻了她，我亲自动了手。这天，我拿出生身母亲教给我的招式，给她熬了一碗鱼汤，随后做了两碗她喜欢吃的菜，她很高兴。晚上，当我上完晚自习回家，继母在爸爸面前夸奖我是一个聪明乖巧的孩子。

母爱深长，转眼我已15岁了。1998年7月，我有幸考上了县里的名牌中学。爸爸高兴，继母也高兴。但我爸爸犯了愁，因为手头的钱有限。但继母却说，没有钱先挪挪，哪家没有个事儿，伢儿只要能读上书，要多少钱我来想办法。继母说着话的当儿，我爸爸突然拍拍脑门儿，说他记起了一件事。他马上进屋去，从箱子里拿出一个两寸见方的铝盒，铝盒上了锁，他对继母说，这是先妻生前留下的。他马上把我喊来跟我说："你妈妈临终前有叮嘱，这个铝盒非要等你上高中才打开，否则她到阴间也不能饶恕我。"我摇摇头，转身便走，哪知爸爸用命令的语气叫我回来。他说你妈生前抚养了你一场，一泡屎一泡尿多不容易？无论你多么恨她，你都应该看一看。

这时继母也发了话，说爸爸说得对。无奈，我接过了铝盒，走进自己的房间。开锁的钥匙妈妈去世前丢弃了，她要我砸开或撬开它。我找来一把钳子，不费吹灰之力就扭开了那把锁。铝盒内有写满字的纸，纸下是一张储蓄存折。我展开纸，熟悉的笔迹跳入了眼帘：

儿：当你读到这份遗书的时候，妈已经长眠地下六个年头了。如果妈妈果真有灵魂存在，那就算是妈妈亲口对儿讲了。你还记得吧，当我和你爸从武汉回来的那天，你撒娇地向我扑来，我觉得我儿太可爱了。我正想把我儿抱起来好好亲亲，但一想起那天在医院检查的结果，我的心颤抖了。妈得了绝症啊。在武汉时，你爸非要我住院，我首先想到的就是我儿，我儿还小，所以我没住。妈将不久离世，可我儿的路才刚开始。我以前太溺爱我儿了，儿想要什么，妈就给什么。我担心如果我死后，我儿不会过日子，会拿妈和继母相比较，那我儿就坏事了。

因此，在武汉我就拿定主意，我要想办法让我儿恨我，越恨我越好。妈怎舍得打我的儿哟！儿是娘心头的一块肉，你长到9岁，妈没有用指头弹我儿一下。可为了让我儿自己会做饭、自己会过日子，妈抄起锅铲打了我儿。可当你去淘米的时候，妈进屋流了长长的泪水……我知道我在世的时日不多了，为了多看一眼我儿，我每天半夜起来服药的时候，就在儿睡的床边坐上几个小时，摸我儿的头、手脚，直到摸遍全身……特别是有两次我打了我儿的屁股，我半夜起来特地看了打的位置，虽然没有青紫，但我还是摸了一遍又一遍。儿啊，我死前你的外婆筹集到5000元钱，送来给我治病。我想现在读书费钱，特别是读高中、大学，所以我就托人偷偷地把这笔钱存下了。你的外婆几次催我买药、买好药治病，我都推托了，有时还违心地说已经买了新药。现在，这笔钱包括利息在内能不能交够读高中、大学的学费？要是交不够，我儿也大了，可以打工挣钱了……

读完遗书，泪水模糊了我的双眼，我终于明白了她的冷眼、打骂、无情，那全是为了我今后的自立自强啊！我痛哭失声，冲出家门，我边跑边哭边喊——我的好妈妈呀！一直喊到她的墓旁。在她的墓前，我长跪不起……

母亲的火炕

文/佚 名

老家在海边，空气潮湿，即使是夏天，也得经常烧炕。夏天把火炕烧得热了，掀开炕席，使之慢慢变得干燥，待热炕凉透，睡起来才舒服，才惬意，才不至于落下寒腿之类的疾病。

那铺火炕独处一间屋子，我在那上面整整睡到17岁。然后我读了高中，又进了城，那火炕便在大多数时间闲下来。待我回老家，才能再一次派上用场。进城后我很少回家，即使回去，也是速去速回，难得在家里待上一两宿，就被一个接一个的电话催回。一般情况是，回家前我先给母亲打个电话，然后回去时，在冬天里，那火炕便是热的，在夏天里，那火炕便是干燥的，绝没有一丝潮气。

如果母亲知道我的归期，冬天里将火炕烧热、夏天里将火炕烧干透并不为奇。我所纳闷的是，有时候双休日，我会在没有给母亲打电话的情况下突然回到老家，那火炕也是热的，也是干燥的。很长一段时间，我对此百思不得其解。

那次问父亲，父亲说，你时间长了不回家，你妈就会念叨你。到了星期五那天，她就会抱些柴火，将火炕烧透。这样你星期六回家，火炕就是干燥的了。

可是妈怎么知道第二天我会回来呢？

她不知道。父亲说，她只是认为你可能会回来。如果第二天你正好回家，那火炕就没有白烧；如果你第二天没有回家，也就算了。然后，待下个星期五，你妈照例会把火炕烧热烧透。你总会在某个双休日回家来吧？她想让你一回到家，就坐到干燥的没有一丝潮气的火炕上。

呵，原来是这样啊！当我在双休日为自己寻得很多个不回家的自以为是的理由时，我的乡下的母亲却在千百次地将火炕烧热烧透，只为某一次，她的儿子在第二天，恰巧能够回到她的身边。

妈妈孩子在一起

文/宁　子

上中学时，有一天中午放学，她到学校大门正对着的小巷子买吃的，忽然发现多出来一个卖麻辣凉面的小摊位。更让她惊喜的是，摊主，那个中年妇人，曾在她读书的小学门前卖过气球，后来在她家门前不远处卖过早点，她们也算是熟人。

那天，她一口气吃了三小碗面。在吃到第三碗时，妇人温柔地劝阻说："丫头，吃多了不容易消化，明天再吃。"她调皮地笑了，妇人的口吻有些像妈妈，连劝阻都带着一种宠爱。

之后，除了周末，她每天都会来吃一碗凉面。有一个星期天，她忍不住跑了过来，却发现妇人并没有出摊。周一中午吃凉面时，她随口说:"昨天我忽然想吃凉面,跑过来,可是你没在。"妇人说:"以后,周末你要是想吃,就过来吧。"

她答应着,并没往心里去。过了一段时间,周末她刚好路过校门前的那条小巷,发现她果然在那里。她年少的心忽然有些感动。这之后就到了暑假,小巷里好多摊主都休息了,但妇人却每天都在——她每次去,都能吃到凉面。一次,在她吃面时,妇人问她,爸爸妈妈是不是很宠她。她笑着答是啊。在她笑时,妇人轻轻抚摩着她的头发,说:"所以以后要对爸爸妈妈好。"她愉快地答应着。妇人也笑起来,笑着笑着,却又微微叹了口气。

天渐冷时,妇人又开始卖起了麻辣烫。她依然是常客。后来她又在同一所中学读高中,妇人的摊位也始终在那里。一晃六年,她考上了重庆的大学。开学报到前收拾行李时,她忽然想起妇人来。她立即跑过去,却发现妇人的摊位早已换了人。她的心中涌起淡淡的失落。之后她去了重庆,新的学习生活开始后,妇人在她的记忆中也渐渐淡了下来。大学毕业那年,一次她去献血时得知自己是 A 型血。已懂得血型常识的她忽然惊呆了——父母都是 B 型血。这就意味着她不是他们的孩子。电话里,她声音颤抖着问妈妈,过了好一会儿,妈妈才告诉她:当初,她不能生育,于是托了外地医院的同学,帮他们抱养了她。听完,她的心久久不能平静,她不明白为什么亲生父母要将她抛弃。

她决意要知道为什么,父母拗不过,最终还是给了她当初医院中那个同学的电话。

22 年前,就在陕西一个偏僻小镇的医院,妈妈的同学托人联系到了她的亲生父母,那对农村夫妇已经有了两个女儿,第三个孩子却依然是女孩,于是在她出生后,就被现在的父母抱养了。

辗转找到那个镇子。一个年迈的老人告诉她,那对夫妇出去打工了,而打工的城市就是她生活成长的地方。她一下子定在了那里。陪她同去的妈妈的同学忽然说，当初，女人执意要留下她养父母的地址，否则就不同意把孩子送给他们……她的脑海里猛然闪现出了卖麻辣凉面的妇人的面容。那面容，还有如同眼前老人一般的口音，瞬间清晰。

原来是她——那个在她身边陪伴了多年的妇人，生下她又将她抛弃的女人，却又在抛下她后，执意到千里之外她所在的城市，辛苦地生活在她身边，陪伴着她成长，直到她 18 岁，羽翼丰盈，自信单飞时，悄然离开……原来，她从来没有被抛弃过，她和天下所有的孩子一样，始终被叫作母亲的人深爱着。

那些卑微的母亲

文/卫宣利

晚上，和朋友一起去吃烧烤。我们刚坐下，就见一个老妇人提着个竹篮挤过来。她头发枯黄，身材瘦小而单薄，衣衫暗淡，但十分干净。她弓着身子，表情谦卑地问："五香花生要吗？"彼时，朋友正讲一个段子，几个人被逗得开怀大笑，没有人理会她的问询。她于是将身子弓得更低，脸上的谦卑又多了几分："五香花生要吗？新鲜的蚕豆……"她一连问了几遍，却都被朋友们的说笑声淹没。她只好尴尬地站在一旁，失望和忧愁爬满了脸庞。我问："是新花生吗？怎么卖呀？"她急慌慌地拿出一包，又急慌慌地说："新花生，3 块钱一包，5 块钱两包……"我掏了 5 块钱，她迅速把两包花生放在桌子上，解开口，才慢慢退回去，奔向下一桌。

每次去逛超市，都会看到那个做保洁的女人，也有 50 多岁了吧，头发灰白，晒得黑红的脸上布满细密的汗珠，有几缕头发湿湿地贴在脸上。她总是手脚不停地忙碌，在卫生间，在电梯口，在过道。她弯着腰用力擦着地。超市里人来人往，她刚擦过的地，马上就被纷至沓来的脚步弄得一塌糊涂。她马上回过头去，重新擦一遍。

有一次，我上卫生间，正好碰到她。她的头垂得很低，看不到脸上的表情，只看见她的两只骨骼粗大的手捏着衣角局促不安地绞来绞去。那双手是红色的，被水泡得起了皱，有些地方裂开了口子，透着红的血丝。她的对面站着一个年轻的男人，看样子是超市的主管，那人语气凛凛地训斥她："你就不能小心点？把脏水洒在人家衣服上，那大衣好几千块呢，你赔得起吗？这个月的工资先扣下……"她就急了，伸手扯住那人的衣袖，脸憋得通红，泪水瞬间涌得满脸都是。她语无伦次地说："我儿子读高三，就等着我的工资呢，我下次一定小心……可不能全扣了呀……"她几乎是在低声哀号了。

逛街回来，遇上红绿灯，我们被交通协管员挡在警戒线外，等待车辆通过。这时，马路中间正行驶的车上忽然有人扔出一个绿茶瓶子。瓶子里还有半瓶茶，在马路上骨碌碌转了几个圈，眼看就要被后面的车辗上。忽然，我身旁一个女人猛地冲过去，几步跑到马路中间，伸手捡起那个瓶子，迅速塞进身后的蛇皮袋里。她的身后响起一大片汽车尖厉的刹车声，司机气急败坏地冲她嚷："抢什么抢，不要命！"

她一边赔着笑往后退，一边扬起手中的袋子冲着我们这边微笑。我回头，这才看到，我身后还有一个衣着破烂的男孩儿，也竖着两根手指在冲她笑。母子俩的笑容融在一起，像一个温暖的磁场，感染了所有的人。我明白了，她是一个贫穷的母亲。那个瓶子，不过一两毛钱，可对她而言，可能是一包供孩子下饭的咸菜。

生活中，常常能看见这样的女人：天不亮就满城跑的送报工，满面尘土的清洁工，摇着铃铛收破烂的师傅，被城管撵得到处跑的水果小贩……她们身份卑微，为了一份微薄的收入兢兢业业。她们又无比崇高，为了孩子，胸膛里藏着震惊世界的力量。

她们有一个共同的名字——母亲！

忆母亲

文/肖复兴

世界上有一部永远写不完的书，那便是母亲……

那一年，我的生母突然去世，我不到8岁，弟弟才3岁多一点儿，我俩朝爸爸哭着闹着要妈妈，爸爸办完丧事，自己回了一趟老家。他回来的时候，给我们带回来了她，后面还跟着一个不大的小姑娘。爸爸指着她，对我和弟弟说："快，叫妈妈！"弟弟吓得躲在我身后，我噘着小嘴，任爸爸怎么说就是不吭声。"不叫就不叫吧！"她说着，伸手要摸摸我的头，我扭着脖子闪开，就是不让她摸。

望着这陌生的娘儿俩，我首先想起了那无数人唱过的凄凉小调："小白菜，地里黄呀，两三岁呀，没了娘呀……"我不知道那时是一种什么心绪，总是忐忑不安地偷偷看她和她的女儿。

在以后的日子里，我从来不喊她妈妈。学校开家长会，我硬是把她堵在门口，对同学说："她不是我妈。"有一天，我把妈妈生前的照片翻出来挂在家里最醒目的地方，以此向后娘示威。怪了，她不但不生气，而且常常踩着凳子上去擦照片上的灰尘。有一次，她正擦着，我突然向她大声喊着："你别碰我的妈妈。"好几次夜里，我听见爸爸在和她商量，"把照片取下来吧！"而她总是说："不碍事儿，挂着吧！"头一次我对她产生了一种说不出的好感，但我还是不愿叫她妈妈。

孩子没有一个是省油的灯，大人的心操不完。我们大院有块平坦、宽敞的水泥空场。那是我们孩子的乐园，我们没事便到那儿踢球、跳皮筋，或者漫无目的地疯跑。一天上午，我被一辆突如其来的自行车撞倒，重重地摔在水泥地上，立刻晕了过去。等我醒来的时候，已经躺在医院里了，大夫告诉我："多亏了你妈呀！她一直背着你跑来的，生怕你落下后遗症，长大可得好好孝顺呀……"

她站在一边不说话，看我醒过来伏下身摸摸我的后脑勺，又摸摸我的脸。我不知怎么搞的，第一次在她面前流泪了。"还疼?"她立刻紧张地问我。我摇摇头，眼泪却止不住。"不疼就好，没事就好!"回家的时候，天已经全黑了。从医院到家的路很长，还要穿过一条漆黑的小胡同，我一直伏在她的背上。我知道刚才她就是这样背着我，跑了这么长的路往医院赶的。以后的许多天里，她不管见爸爸还是见邻居，总是一个劲儿埋怨自己，"都赖我，没看好孩子! 千万别落下病根呀……"好像一切过错不在那硬邦邦的水泥地，不在我那样调皮，而全在于她。一直到我活蹦乱跳一点儿没事了，她才舒了一口气。

没过几年，三年困难时期就来了，只是为了省出家里的一口人吃饭，她把自己的亲生闺女，那个老实、听话，像她一样善良的女儿托付给人家了，回来的路上她一边走一边叨叨："好啊，好啊，闺女大了，早点寻个人家好啊，好!"那时我实在是不知道人生的滋味儿，不知道她一路上叨叨的这几句话是在安抚她自己那流血的心。她也是母亲，她送走自己的亲生闺女，为的是两个并非亲生的孩子，世上竟有这样的后母，望着她那日趋弓起的背影，我的眼泪一个劲往外涌，"妈妈!"我第一次这样称呼了她。她站住了，回过头了，愣愣地看着我不敢相信这是真的。我又叫了一声"妈妈"，她竟"呜"的一声哭了，哭得像个孩子。多少年的酸甜苦辣，多少年的委屈全都在这一声"妈妈"中融解了。母亲啊，您对孩子的要求就是这么少……

这一年，爸爸因病去世了。妈妈她先是帮人家看孩子，以后又在家里弹棉花、攥线头，妈妈就是用弹棉花、攥线头挣来的钱供我和弟弟上学的。望着妈妈每天满身、满脸、满头的棉花毛毛，我常想亲娘又怎么样? 从那以后的许多年里，我们家的日子虽然过得很清苦，但是，有妈妈在，我们仍然觉得很甜美。无论多晚回家，那小屋里的灯总是亮的，橘黄色的火里是妈妈跳动的心脏。只要妈妈在，那个小屋便充满温暖，充满了爱。

我总觉得妈妈的心脏会永远跳动着，却从来没想到，我们刚大学毕业的时候，妈妈却突然倒下，而且再也没有起来。妈妈，请您在天之灵能原谅我们儿时的不懂事，而我却永远也不能原谅自己。我知道在这个世界上，我什么都可以忘记，却永远不能忘记您给予我们的一切……

世上有一部永远写不完的书，那便是母亲。

2100 公里的信念

文/佚　名

每天，天刚蒙蒙亮，长长的堤坝上便出现一位母亲急匆匆的身影；每天，夜幕四合时，长长的堤坝上再次出现这位母亲急匆匆的身影。母亲从堤坝这边走到堤坝那边，再返回，正好五公里。母亲每天往返两次，正好十公里。十公里是母亲每天的信念，母亲只想快一点减肥。

快一点减肥，不为苗条，不为漂亮，不为健康——母亲只为自己的儿子。

儿子患有严重的肝硬化，命若悬丝。挽救儿子生命的办法只有一个，那就是进行肝脏移植。可是对一家人来说，肝脏移植所需的高额费用无异天文数字。于是，摆在他们面前的只剩下一个办法，那就是——家属捐献肝脏。

儿媳和丈夫都想为儿子捐肝，可是母亲断然反对。丈夫是家里的顶梁柱，儿媳尚且年轻，万一有什么不测，一家人怎么办呢？母亲下了决心，由她来为儿子捐献出二分之一的肝脏。可是天有不测风云，就在手术之前，母亲被查出患有脂肪肝，假如按照既定方案，那么，母亲剩下的二分之一个肝脏肯定将不足以支撑她自身的代谢。眼看"救子之门"就要关闭，母亲毅然作出决定：减肥！消除脂肪肝，为儿子捐肝！

七个月消除脂肪肝，谈何容易？可是为了危在旦夕的儿子，母亲别无选择。

当天晚上，母亲便开始了她的减肥计划。每天十公里，风雨无阻。为达到快速减肥的目的，除了"暴走"，母亲还开始了残酷的节食。她每天只吃极少量的米饭和青菜，并且，青菜里绝不会有一滴油。有时候，母亲夹起一块肉，刚送到嘴边，又急忙塞回碗里。即使这样，母亲对自己的节食仍不满意。她说自己有时太饿了，控制不住吃两块饼干，吃完了就会很自责。"我得为儿子的生命负责啊！"母亲这样说。

运动量大，营养又跟不上，很多次，正在"暴走"中的母亲，突然眼冒金星。几乎一头栽倒。每一次回到家里，母亲都是气喘吁吁，大汗淋漓。

不管如何，母亲都在坚持。因为她知道，属于儿子的时间，已经不多了。

母亲一直坚持了七个月。七个月里，母亲走破了四双鞋，脚上的老茧更是长了又刮，刮了又长。可是母亲只有一个信念，那就是——一定要救回正在生死线上挣扎的儿子。

七个月，2100多公里，母亲用自己的脚步，为儿子争取着生命的时间。奇迹终在七个月以后发生，当她再次来到医院做检查时，她的脂肪肝竟然消失了，完全符合移植条件。而当院方得知母亲的所作所为之后，在场的每一个人，都为她流下眼泪。

"有时我也感觉看不到尽头，想放弃。但我坚信，只要多走一步路、少吃一口饭，离救儿子的那天就会近一点……眼睁睁地看着儿子生病不救，还不如让我去死。我每天都做同一个梦：儿子又发病了，吐血了，他等不及了……"有人问及母亲为何能够坚持时，母亲这样说。

奇迹感动苍天，母亲和儿子的手术都非常成功。他们经历了生命里最为艰难的时期，现在，他们让我们坚信：母爱与亲情，无所不能。

是这样，无所不能。

一个母亲的爱

文/佩特·莱　译/班超

每当我想起克莱拉·哈登一家，快乐便会溢满心房。

他们家共有五个孩子，我的好朋友克莱拉是大姐，12岁，她最小的妹妹才2岁。他们中总有一个会出这样那样的麻烦，使得他们家经常处于混乱状态。然而，我却喜欢喧闹的家庭，因为每次去他们家，迎接我的总是欢声笑语。克莱拉的母亲总有时间陪我们，她可以停下熨烫衣服的活，帮我们组建一支啦啦队；她会关上吸尘器，带我们去森林为科学课作业采集标本。

你不知道你下次去哈登家时会做些什么，他们的生活充满了乐趣和无穷无尽的爱！

因此，那天当哈登家的孩子都红肿着眼睛走下校车时，我知道一定有什么事情发生了。我把克莱拉拉到一边，要她告诉我出什么事了。她哽咽着说，"妈妈告诉我们，她患了脑瘤晚期，只能活几个月。"我和克莱拉走到教学楼后面，放声哭泣，我们紧握着彼此的手，不知道该如何停止悲痛。

几天后，我才去看望他们。因为我害怕那使人窒息的悲伤和忧郁，不敢去。后来是母亲说服了我，她说，在朋友和家人陷入悲伤的日子，你不能不闻不问，所以我去了。但当我走进哈登家的院子时，从屋内传出来的竟然是轻快的音乐和笑声！进入客厅，我看到他们正在玩大富翁游戏，哈登夫人坐在沙发上，周围环绕着她的孩子们。每个人都笑容满面地欢迎我。

克莱拉停止玩游戏，带我去她的房间聊天。她告诉我，"妈妈说，我们能给她的最好礼物，是像什么都没有发生一样生活。妈妈希望她最后的记忆充满欢乐。我们对妈妈承诺，将会尽最大努力做到。"

一天，哈登夫人邀请我参加一个特别活动。当我到她家时，我发现哈登夫人头上戴着一块金色的大围巾。她说，由于化疗，她的头发正在脱落，但她不想戴假发，而是戴这块漂亮的大围巾。她把晶莹的珠子、漂亮的饰物、彩笔和胶水放在桌上，要我们帮她装饰围巾。我们都兴致勃勃，把头巾装饰得分外华美、绚丽。最后，哈登夫人给我们拍了一张照。照片上，每个人都自豪地用手指着自己做的装饰。

伤心的日子终于到来，克莱拉的母亲去世了，在随后的几周，哈登家笼罩着悲伤。但有一天，我到学校后，看见克莱拉正在和同学说话，她兴奋得手舞足蹈，不时提起她的母亲。原来那个活泼的克莱拉回来了！当我走到她身边时，她告诉我发生的事。上学之前，她帮妹妹穿衣服时，却在袜子里发现了一张有趣的纸条，那是她妈妈生前写的。这让他们感到妈妈还在他们身边。

那年圣诞节，他们去阁楼取装饰物品时，又发现了一张妈妈写的圣诞祝福贺卡。在随后的几年，妈妈给他们的惊喜一直持续。克莱拉毕业的那天、她结婚的那天、她第一个孩子出生那天，她都收到了母亲的亲笔信。原来，她母亲生前曾委托朋友，要在每一个特殊的日子帮她为孩子们送上离世前写好的信笺，直到孩子们成年。

哈登先生再婚的那天，一个朋友带着哈登夫人写给子女的信出现在婚礼现场。在信里，她祝丈夫幸福，叮咛她的孩子要用爱包容继母，因为她相信，他们的父亲不会选择一个不善良、不爱他们宝贝孩子的女子。

我常常想，克莱拉的母亲在写信时一定很快乐——想到孩子们一天天长大、想到他们收到信时的惊喜，她怎能不开心？她也一定很痛苦——病痛、离开深爱的家人的苦闷、不能亲眼见证孩子长大的遗憾。然而，她却把所有的情感化作对孩子的祝福，在她去世后，她的爱一直陪伴着她的孩子，淳厚、绵长、芬芳。

嗨，迈克！

文/佚　名

迈克得了一种罕见的病。他的脖子僵直，身体僵硬，肌肉一点一点地萎缩。他的病情越来越重，最后完全失去了自理能力。他只能坐在轮椅上，保持一种固定且怪异的姿势。他只有 14 岁，14 岁的迈克认为自己迎来了老年。不仅因为他僵硬不便的身体，还因为，他的玩伴们，突然对他失去了兴趣。

母亲常常推着迈克，走出屋子。他们来到门口，来到阳光下，背对着一面墙。那墙上爬着稀零的藤，常常有一只壁虎在藤间快速或缓慢地穿爬。以前迈克常盯着那面墙和那只壁虎，他站在那里笑，手里握一根棒球棒。那时的迈克，健壮得像一头牛犊。可是现在，他只能坐在轮椅上，任母亲推着，穿过院子，来到门前，靠着那面墙，无聊且悲伤地看面前三三两两的行人。现在他看不到那面墙，僵硬的身体让那面墙总是伫立在他身后。

14 岁的迈克曾经疯狂地喜欢诗歌。可是现在，他想，他没有权利喜欢上任何东西——他是一位垂死的老人，是这世间的一个累赘。

可是那天黄昏，突然，一切都发生了改变。

照例，母亲站在他的身后，扶着轮椅，捧一本书，给他读一个又一个故事。迈克静静地坐着，心中盈满悲伤。这时有一位美丽的女孩从他面前走过——那一刻，母亲停止了朗诵。迈克见过那女孩，她曾和自己就读于同一所学校。只是打过照面，他们并不熟悉。迈克甚至不知道女孩的名字。可那女孩竟在他面前停下，看看他，看看身后的母亲。然后，他听到女孩清清脆脆地跟他打招呼："嗨，迈克！"

迈克愉快地笑了。他想，原来除了母亲，竟还有人记得他的名字。并且是这样一位可爱漂亮的女孩。

那天母亲给他读的是霍金。一位杰出的物理学家，一位身患卢伽雷氏症的强者。他的病情，远比迈克严重和可怕百倍。

那以后，每天，母亲都要推他来到门口，背对着那面墙，给他读故事或者诗歌。每天，都会有人在他面前停下，看看他，然后响亮清脆地跟他打招呼："嗨，迈克！"大多是熟人，偶尔，也有陌生人。迈克仍然不能动，仍然身体僵硬。可是他不再认为自己是一个累赘。因为有这么多人记得他，问候他。他想这世界并没有彻底将他忘却。他没有理由悲伤。

几年里，在母亲的帮助下，他读了很多书，写下很多诗。他用微弱的声音把诗读出，一旁的母亲帮他写下来。尽管身体不便，但他过得快乐且充实。后来他们搬了家，他和母亲永远告别了老宅和那面墙。再后来他的诗集得以出版——他的诗影响了很多人——他成了一位有名的诗人。再后来，母亲年纪大了，在一个黄昏，静静离他而去。

很多年后的某一天，他突然想给母亲写一首诗，想给那老宅和那面墙写一首诗。于是，在别人的帮助下，他回到了老宅的门口。

那面墙还在。不同的是，现在那上面，爬满密密麻麻的青藤。

有人轻轻拨开那些藤，他看到，那墙上留着几个用红色油漆写下的很大的字。那些字已经有些模糊，可他还是能够辨认出来，那是母亲的手迹：

嗨，迈克！